오월의 충치

오월의 충치

도시마 미호 지음 | 황소연 옮김

놀

추억이여, 안녕

"초등학교 6년 동안 어디로 소풍 갔는지 기억하는 사람?"

이 질문에 자신 있게 대답하는 사람이 별로 없다는 걸 최근에 알고 깜짝 놀랐습니다. 그해 가장 큰 이벤트를, 일 년에 한 번뿐인 소풍을, 사람들은 스물다섯 살쯤 되면 그냥 잊어버리고 마는 걸까요?

저는 초등학교 1학년 때부터 6학년 때까지 소풍 갔던 곳을 바로 떠올릴 수 있고, 1학년 소풍 가던 날 오후에 비가 내렸던 것도, 5학년 수련회에서 저녁 식사로 나온 양배추를 다 먹지 못하고 남겨뒀던 것도 기억합니다. 단체 등산 중에 남자아이가 저만 남겨 놓고 혼자 가버린 일과 6학년 수학여행 때 여자아이들끼리 싸움을 벌여서 단체행동에 문제가 생겼던 일까지 빠짐없이 기억하고 있습니다.

그런데 그 시절 추억의 사진첩에는 기쁨보다 아픔이 많습니다. 재미나고 즐거운 일도 많았을 텐데, 뒤돌아보면 모래를 씹는 것 같은 기분이 들지요. 특별히 가정환경이 불우한 것도 아니었는데, 왜일까요. 어쩌면 밝고 착한 아이인 '척' 애쓰느라 슬픔과 불안, 분노 같은 꾸물꾸물한 감정을 겉으로 드러낼 여유가 없었고, 그 표현하지 못한 감정의 응어리들이 마음 뒤에 남아 있기 때문이 아닐까요.

하지만 저만 그렇게 응어리진 감정들을 가슴 한구석에 꽁꽁 숨겨두었다고 생각하지 않습니다. 어린 시절 제 친구들을 비롯해, 세상의 모든 아이들은 아이로 살기 위해 어떤 감정들을 억지로 삼키고 있는 게 아닐까요.

모든 이들에게 초등학교 앨범 같은 책이 되길 바라는 마음으로 이 작품을 썼습니다. 막상 앨범을 펼치니 어둡고 꿀꿀한 회색빛 이야기로 채워져 있어 고개가 갸웃거려지지만, 그런 추억까지 포함해 다시금 어린 시절을 떠올릴 수 있게 된다면 정말 행복할 것 같습니다.

그리하여 책가방을 메고 가는 어린 아이들을 봤을 때, '아아, 저 아이들도 매일 신나는 일만 있는 건 아닐 거야.' '아이들 세계도 단순한 것만은 아니야'라고 떠올릴 수 있게 된다면 더할 나위 없이 좋을 것 같습니다.

1월 24일 도시마 미호

소나기 구름이
사라지지 않기를

"털털털, 부, 부, 부우웅!"

고물 소리를 내며 오토바이는 산길을 올랐다.

나는 할아버지 등 뒤에 기댄 채, 기분 좋게 뺨을 스치고 지나가는 바람을 만끽했다.

"센리! 꼭 잡아야 한다."

앞에서 할아버지의 목소리가 바람과 함께 날아들었다.

나는 '응' 하고 소리 내어 대답하고 싶었지만 입안으로 거세게 들이치는 바람 때문에 말없이 할아버지를 붙잡은 두 손에 힘을 꾹 주었다.

할아버지의 등은 넓고 깊다. 그리고 엄마, 아빠한테서는 나지 않는 냄새가 난다. 햇살을 머금은 흙냄새다.

살며시 고개를 들어 보니 파란 하늘이 나뭇잎들 사이에서 살짝살짝 인사를 보내고 있었다. 저마다 또렷한 생김새를 자랑하는 잎사귀들이 스쳐 지나가면서 초록 선을 그려냈다.

모든 것들이 반짝반짝 빛났다.

좁다란 아스팔트 도로도, 구부정하게 굽은 길의 도로 반사경도, 앞에 가는 킨 아저씨의 녹색 오토바이도.

여름이 온 것이다. 여름방학 첫날!

헬멧이 있다는데도, 할머니는 도착하면 쓰라고 일부러 밀짚모자를 챙겨주었다. 끈에 매달린 모자가 목덜미 근처에서 바스락거렸다. 딱딱한 짐받이 의자 때문에 슬슬 엉덩이가 아파왔지만 아직까지는 그 시간을 더 만끽하고 싶었다. 하지만 오르막길 끝에 있던 차선이 가까워지다가 휙 사라지는 순간, 킨 아저씨가 왼쪽 깜빡이등을 켰다. 이어 할아버지도 팔을 홱 꺾었고, 동시에 오토바이의 속도가 조금씩 느려졌다.

"다 왔구나, 센리."

오토바이가 멈춰 섰다. 할아버지는 오토바이에 걸터앉은 채로 헬멧을 벗었다. 나는 혼자 조심조심 짐받이에서 내려섰다. 감자밭이었다.

발밑으로 짙은 녹색 잎이 술렁대는 비탈길이 느릿느릿 펼쳐져 있고, 그 비탈길 사이로 자주색 꽃이 고개를 빠끔 내밀고 있는 감자밭 천국.

내가 "우와!" 하고 함성을 지르자, 킨 아저씨가 헬멧을 손에 들고 다가왔다.

"흠흠, 놀라지 마라. 여기가 다 센리 할아버지 밭이야."

아저씨가 후후 웃으며 쉰 소리가 약간 섞인 목소리로 말했다.

"정말?"

'전부 할아버지 거라고?!'

감자밭을 덮고 있는 드넓은 여름 하늘과 소나기구름까지 전부 할아버지 거라고!

'그럼 이 다음, 이 다음엔 내 꺼?!'

이렇게 생각하며 눈을 반짝이고 있는데, 쭈그리고 앉아 있던 할아버지가 툭 말을 내뱉었다.

"킨 아저씨 말 믿지 말거라. 이 할아비 밭은 저기 구석, 아주 조금밖에 안 돼."

검버섯이 핀 할아버지의 손이 내 헬멧을 벗겼다. 뒤에서 "형님은 농담을 모르신다니까." 하며 투덜거리는 킨 아저씨의 목소리가 들렸다. 농담이었다니!

'에이, 좋다 말았네!'

"감자밭에 왔으니, 감자를 캐야지."

할아버지가 주머니에서 자그마한 목장갑을 꺼내 보이자, 나는 대답 대신 고개를 크게 한 번 끄덕여 보였다.

열심히 감자를 캤다. 지렁이가 꿈틀대는 모습에 가끔씩 멈칫하기도 했지만, 곧 다시 작은 철제 삽으로 씩씩하게 감자를 캐냈다. 촉촉하게 물기를 머금은 따스한 흙을 돋워 장갑 밖으로 드러난 손목을 덮어보기도 했다.

얼마쯤 시간이 지났을까, 이마에 송골송골 땀방울이 맺혔을 때 킨 아저씨가 캔 커피 세 개를 가져오더니, "형님, 담배 하자고요('잠시 쉬자'는 의미)." 하며 할아버지를 향해 소리쳤다.

할아버지가 캔 커피 두 개를 받아들면서 이맛살을 찌푸렸다.

"지금 센리 보고 이 커피 마시라는 거냐?"

킨 아저씨가 "센리 이제 몇 학년이더라?" 하고 물어서, 나는 "1학년인데요." 하고 씩씩하게 대답했다. 그러자 아저씨가 캔을 도로 가져가려고 손을 뻗었다. 나는 기념으로 갖겠다며 커피를 쥔 손에 힘을 꾹 주었다.

할아버지와 킨 아저씨가 커피를 마시는 동안 나는 옆에서 캔 커피를 손바닥에 올려놓고 대굴대굴 굴리며 놀았다. 그러다 문득 고개를 들어 하늘을 올려다보았다. 스스로 빛을 내뿜듯 눈부시게 빛나는 구름이 하늘에 걸려 있었다. 나는 나도 모르게 하늘을 향해 살짝 윙크를 했다.

"어머, 어떻게 된 거니? 센, 왜 이렇게 시커멓게 탔어?"

저녁 식사 시간에 꺼뭇해진 내 손을 보고 엄마가 물었다. 손등이 아침보다 더 가무잡잡했다.

"산에 갔다 왔어."

들고 있던 밥공기를 내려놓으며 대답하는 순간, 오른편에 앉아 있던 아빠의 질문이 곧장 날아들었다.

"누구랑?"

식탁 한쪽 귀퉁이에, 조금 전까지 킨 아저씨가 먹다가 놔두고 간 완두콩을 슬쩍 바라보면서 "할아버지랑 킨 아저씨." 하고 대답했다. 아빠의 가는 눈썹이 꿈틀거렸다. 윗자리에 앉은 할아버지는 묵묵히 식사만 했다.

"킨지 아저씨랑 할아버지랑 갔다 왔단다."

할아버지 바로 옆 자리에 앉은 할머니가 대신 설명을 덧붙였다.

나는 조마조마한 마음으로 "으응 맞아." 하며 고개를 끄덕였다. 방금 전까지 이 식탁에 앉아서 하릴없이 완두콩을 까먹던 킨 아저씨를, 아빠는 못마땅하게 쳐다봤었다.

아빠는 도쿄에서 나고 자랐다. 이 마을로 장가를 왔지만, 이웃끼리 스스럼없이 지내는 걸 여전히 못마땅하게 생각했다. 그런 분위기가 어린 내게도 느껴질 정도였다.

아빠가 말이 없자, 식탁에 조금 싸한 기운이 감돌았다. 나는 어떻게든 이 분위기를 바꿔야 한다는 '어린애다운' 책임감으로 입을 열었다.

"아, 맞다! 토오코는 오시마(大島)에 간대요. 여름방학 때."

이야기가 엉뚱한 곳으로 튀었지만, 엄마는 "흐음, 어디에 있는 오시마인데?" 하고 받아주었다.

"어디에 있냐고? 오시마라니까."

"센, 오시마라는 이름을 가진 섬은 여러 곳에 있단다."

"그렇구나."

여섯 명의 밥그릇이 달그락거리는 소리를 냈다.

할아버지와 마찬가지로 식사 시간 내내 한마디도 하지 않은 사람은, 나와 마주 보고 있는 여동생 치에미다. 엄마 옆에 앉아서 아까부터 무언가를 오물오물 씹고 있었다.

밥의 양은 거의 줄지 않았다. 나와 겨우 두 살 차이밖에 나지 않는데, 손은 마치 아기 손처럼 작고 앙증맞았다. 그 손으로 쥐고 있던 젓가락은 줄곧 멈춰 서 있었다.

"여러 곳? 어디 어디에 있는데?"

내가 그렇게 물었을 때, 치에미가 "잘 먹었습니다." 하며 식탁 위에 젓가락을 툭 하고 내려놓았다.

그릇 안에 흰 밥알은 보이지 않았지만, 피망과 생강은 수북이 담긴 그대로였다.

"치에, 더 안 먹고?"

"배불러요."

치에미는 가냘픈 목소리로 대답했다.

"콜록, 콜록!"

치에미가 기침을 하자, 엄마가 "그럼 이 닦아줄 테니까 텔레비전 보면서 기다리고 있으렴." 하고 말했다. 치에미는 고개를 위

아래로 까딱까딱 흔들었다.

나는 벽시계와 내 앞에 놓인 그릇을 번갈아 쳐다보았다. 일곱 시가 되면 '드래곤볼'이 시작한다. 그런데 내 밥그릇 안에는 고기만 요리조리 골라 먹고 그대로 놔둔 피망이 아직도 대굴대굴 굴러다니고 있었다.

혹시나 해서 치에미처럼 "잘 먹었습니다." 하고 젓가락을 내려놓아봤지만, 역시나 "요 녀석, 피망이 남았잖니"라는 할머니의 꾸지람만 들었다.

텔레비전이 있는 방으로 들어가려던 치에미가 내 쪽을 힐끔 쳐다보는 듯했다. 애초에 치에미만 봐준다고 투덜거려봤자, 소용없다는 건 알고 있었다. 치에미는 천식이 있어서 항상 특별 대우를 받으니까. 그것도 아주 당연하다는 듯이.

'하지만 아까 기침은 일부러 한 거야. 분명히 가짜 기침이었어. 치에미도 피망을 싫어하는걸!'

내가 뾰로통하게 부어 있자, 아빠가 긴 젓가락으로 피망 두세 개를 집어갔다.

"나머지는 깔끔하게 비워야 해."

엄마가 담임선생님 같은 말투로 못을 박았다.

마루와 방을 가로막고 있는 장지문 너머로 '드래곤볼' 주제가가 어렴풋이 들려왔다.

'흥. 이따가 캔 커피 자랑하면 돼. 괜찮아.'

나는 피망을 입에 욱여넣고 물을 벌컥벌컥 들이켠 다음, 피망을 우적우적 씹어 삼켰다. 물에 씻겨서 알싸한 맛이 사라질 줄 알았는데, 피망의 쓴맛은 입안 구석구석까지 퍼져 나갔다.

치에미는 '몸이 무척 약하다'고 했다.

치에미가 아주 어렸을 때 요상하게 생긴 튜브랑 코드를 잔뜩 달고 병원에 누워 있는 걸 본 기억이 있어서 그럴 거라고 짐작은 했다.

그래도 내 처지가 형제, 자매가 있는 다른 친구들과는 너무 달라서 가끔은 속상하다. 그 애들은 어디든 동생과 함께 갈 수 있고 마음껏 뛰어다니지만, 치에미와는 그럴 수 없다. 나는 치에미 때문에 멀리 나가지도 못하고 맘껏 뛰어다니지도 못한다.

토오코와 토오코의 오빠, 아카네, 두 집 건너에 사는 한 살 많은 마 언니는 우리들과 다 같이 노는 친구들인데, 조금 멀리 떨어진 바다나 산으로 놀러 갈 때면 나와 치에미는 남아 있어야 했다. 치에미는 몸이 약하니까, 그리고 혼자 두고 가면 너무 불쌍하니까.

'정말 불쌍한 걸까? 치에미는 혼자서도 잘 놀 것 같은데······.'

남몰래 이런 생각을 해보기도 하지만, 엄마는 "친구들하고 놀 때 치에미만 혼자 두면 안 돼." 하며 항상 주의를 준다. 본인에게 물어보지 않으면 모르는 거라고 대꾸하고 싶지만, 그런 질문 자체가 치에미한테 상처가 된다는 걸 어렴풋하게나마 알고 있었다.

그래서 나는 치에미와 함께 집에 남는다. 바다 낚시를 간 적도, 숲을 탐험한 적도 없다. 심지어 바닷가가 학교 바로 뒤편에 있는 데도 학교가 끝나면 곧장 집으로 와야 한다. 집에 들렀다가 다시 가기에는 너무 멀어서 이래저래 바다 구경은 희망사항이 되어버렸다. 난생 처음 맞이하는 '여름방학' 첫날, 친구들은 하루가 멀다 하고 바닷물 속으로 첨벙첨벙 뛰어드느라 야단법석인데, 나와 치에미는 바다 근처에도 못 가봤다.

"오늘도 바다 가려고? 오늘은 집 주변에서 놀자."

그렇게 간청해봤지만, 이미 아이들은 손에 튜브와 스노클, 부삽이 든 작은 바구니 하나씩을 들고 있었다.

"이렇게 더운데. 치에미는 집 보라고 하고 가자, 응? 센리, 같이 가자."

친구들이 달콤한 유혹의 말을 건넬 때, 치에미가 옆에서 물끄러미 내 얼굴을 올려다봤다. 그 애절한 눈빛이 슬프고도 무서웠다.

"……미안해, 엄마한테 혼날 거야. 난 그냥 집에 있을게."

"그래?"

고개를 갸웃거리며 현관문을 나서는 친구들을, 치에미는 왠지 자랑스러운 표정으로 배웅했다. 치에미가 어떤 마음인지는 알 수 없었다. 그저 치에미를 귀찮게 생각하지 말자고 마음속으로 다짐하고 또 다짐할 뿐이었다.

　나무로 지은 우리 집의 대청마루는 깨끗이 닦아서 반들반들 윤이 났다. 선풍기가 없어도 시원한 바람이 넘나드는 자리라서, 나와 치에미는 종종 마루에 엎드려 그림을 그렸다.

　여름방학은 지루하게 흘러가고 있었다. 한 줄 일기는 '그림을 그렸다.', '소꿉놀이를 했다.', '컴퓨터 게임을 했다'처럼 전혀 여름방학답지 않은 이야기들로만 채워졌다. 첫날에 적어놓은 '동쪽 산에 감자를 캐러 갔다.', 이 한 줄만이 반짝반짝 빛나고 있었다.

　학교에 가지 않는 나를 보며 어느 날 치에미가 "왜 집에 있어?" 하고 한 번 물어본 적이 있었지만 "방학이니까, 오랫동안 일요일처럼 쉬는 거야"라고 대답하자, 더 이상 흥미가 없다는 듯 "으응." 하고 웅얼거릴 뿐이었다.

　눈 깜짝할 사이에 여름방학도 절반이 지나갔다. 한동안 얼굴을 내밀지 않았던 토오코가 오시마에서 사 온 선물을 가져왔다. 흙으로 빚은 도자기 방울이었다.

　"할머니, 우리도 여행 가면 안 돼요?"

　손바닥만 한 상자에 쏙 들어가는 아담한 방울을 만지작거리며, 나는 바느질하는 할머니 등 뒤에서 졸랐다. 여느 때와 마찬가지로 나와 치에미는 마루에서 뒹굴고 있었다. 할머니가 등을 돌린 채 대답했다.

"안 된다는 거 알잖니? 치⋯⋯."

그 순간 바늘을 쥔 할머니의 손이 멈칫했다. '치'는 '치에미'의 '치'다. 나는 퍼뜩 뒤를 돌아다봤다. 낙서 연습장을 펼쳐 놓고 엎드려 있던 치에미가 눈을 동그랗게 뜬 채 할머니의 등을 바라보고 있었다. 작은 손으로 쥐고 있던 크레파스 한쪽이 불쑥 뭉그러졌다.

할머니는 크게 헛기침을 했다.

"⋯⋯에헤헴, 백중날(음력 7월 15일로 불교의 큰 명절 가운데 하나이자, 음식을 마련해서 먹고 즐기는 축제날)에 손님들이 오시잖니."

그러고는 "코오 오빠랑 마리 언니도 올 거야." 하며 뒤돌아서서 살짝 웃어 보였다.

"코오 오빠가 온다고요?"

나는 까맣게 잊고 있었던 최고의 여름방학 이벤트를 떠올렸다. 백중날에 찾아오는 많은 친척들(물론 선물도 한 아름 안고 오는), 그 중에서도 나를 가장 예뻐하는 코오 오빠! 마리 언니는 코오 오빠의 누나인데, 나보다는 치에미를 더 귀여워했다. 치에미는 마리 언니의 이름을 듣고서 눈을 반짝였다.

"진짜 마리 언니도 오는 거예요?"

"그럼. 이번 주 금요일에 와서, 얼마나 묵는다고 했더라? 일주일 정도라고 했지, 아마."

"우와, 신난다!"

나는 소리를 지르며 마루를 방방 뛰어다녔고, 치에미는 앉은 채로 헤죽헤죽 웃었다.

나보다 다섯 살이 많은 코오 오빠는 아직은 철부지일 법한 나이인데도 동생들을 잘 챙겨서 친척 어른들의 사랑을 독차지하고 있었다. 정확하게 따지자면 코오 오빠는 작은할아버지의 아들로 사실 나보다 항렬이 한 대는 높았지만, 우리 할아버지가 열명의 형제 중 맏이라서 나랑 나이 차이는 겨우 다섯 살밖에 나지 않았다.

실제로 코오 오빠는 나를 데리고 잘 돌아다녔다. 작년에는 잠자리를 잡는다고 둘이서 논을 이리저리 뛰어다니기도 했고, 그전에는 담배 밭에서 술래잡기를 하다가 잎을 다 짓밟아버려서 어른들한테 혼나기도 했다.

오빠 덕분에 나는 마음껏 뛰놀 수 있었다. 코오 오빠가 있다는 건 치에미 옆에 마리 언니가 있다는 뜻이기도 했으니까. 치에미는 어른스럽고 피아노를 잘 치는 마리 언니를 무척 따랐고, 언니도 치에미를 아주 예뻐해서 양 갈래로 질끈 묶어놓은 치에미의 머리카락을 세 갈래로 예쁘게 땋아서 틀어 올려주기도 했다.

코오 오빠와 마리 언니가 오면 치에미를 볼 때마다 들었던 왠지 모를 찜찜한 마음이 어디론가 사라지곤 했다.

올해는 더 멀리 갈 거야. 산에 있는 신사까지 데려가 달라고 해야지. 아니면 바다에 가서 친구들한테 코오 오빠를 자랑하는 게 더 좋을까?

나는 오빠가 올 날만 손꼽아 기다렸다. 다섯 손가락을 다 접을 필요도 없었다. 그날은 금방 찾아왔다.

현관문을 두드리는 우렁찬 소리가 들렸다.

"얘들아, 이치노세키 식구들이다."

차를 준비하던 할머니가 나와 치에미를 향해 소리쳤다. '이치노세키'는 코오 오빠네 식구들이 사는 동네 이름이다(가본 적은 없지만, 엄청 먼 모양이다). 성이 우리와 똑같은 '오하라'라서 그렇게 구별해서 부른다.

우리는 재빨리 현관으로 달려 나갔다.

"안녕하세요오―."

몸가짐을 바로 하고 양손을 배꼽 위로 끌어올린 다음 최대한 다소곳하게 인사를 했다. 그렇게 하라고 배웠기 때문이다. 이치노세키의 작은할머니가 고개를 숙여 우리 얼굴을 들여다보더니, 생글생글 웃으면서 "안녕하세요오." 하고 인사를 받아주었다. 슬며시 얼굴을 들어보니, 바로 앞에 코오 오빠네 가족 넷이 커다란 짐을 들고 나란히 서 있었다. 비로소 나는 코오 오빠에게 달려갈 수 있었다.

"오빠! 기다렸어, 진짜 많이 기다렸어."

"우와, 센리! 너 키 많이 컸구나."

그렇게 말하며 웃는 오빠도 벌써 6학년, 얼굴이 저 높은 곳에 있었다. 햇볕에 그을린 얼굴이 활짝 웃어주었다. 나는 너무 기쁜 나머지 코오 오빠의 가슴 언저리, 그러니까 손이 닿는 가장 위쪽을 콩콩 때렸다.

"아, 아파, 아프다니까."

그러면서도 코오 오빠는 별로 아프지 않은 듯 씩 웃더니 신발을 벗었다. 마른 흙이 달라붙어 있는 운동화가 깜짝 놀랄 정도로 커다랬다.

"완전 커! 몇이야?"

"250."

"우와!" 하면서 쭈그려 앉아 감탄사를 연발하는 내 옆으로, 새하얀 맨다리가 불쑥 나타났다. 그 끝에서 알록달록 빛나고 있는 핑크색 발톱. 나도 모르게 그 발을 뚫어지게 쳐다보고 있는데 위에서 후홋 하는 가벼운 웃음소리가 들렸다. 마리 언니였다. 부자연스러운 발톱 색깔에 어안이 벙벙해진 나를 보고선, 마리 언니가 비밀이라는 듯 집게손가락을 입술에 대며 미소 지었다. 언니는 현관에 서서 미리 준비해온 듯한 양말을 꺼내 신었다.

"마리, 얼른 들어와라."

작은할머니가 언니를 불렀다. 언니는 "네에." 하고 큰 소리로 대답하면서 뒤꿈치에서부터 양말을 끌어올렸다. 화려한 핑크색 발톱이 양말 속으로 쏙 사라졌다. 온 가족이 산더미 같은 선물 꾸러미와 가방을 옮기느라 분주하게 왔다 갔다 하는 동안, '그 일'은 완전히 묻혀버렸다. 나는 마음속으로만 고개를 갸우뚱했다. 마리 언니의 긴 치맛자락을 붙들고 있던 치에미가 겁먹은 것처럼 얼굴을 찡그린 채 서 있었다.

"치에미?"

내가 부르자 치에미는 "응." 하면서 여전히 찡그린 표정으로 고개를 끄덕였다.

현관 창문으로 숨 가쁘게 울어대는 매미 소리가 날아들었다.

과자 몇 조각을 집어 먹고 난 뒤, 나는 곧바로 코오 오빠와 함께 집을 나섰다. 한 손으로는 오빠 손을 꽉 잡고, 다른 한 손에는 튜브를 걸었다.

부모님은 오빠와 둘이서만 바닷가에 가는 걸 마뜩찮게 여겼지만, 마 언니네 아버지가 함께 간다는 이야기를 전해 듣고는 흔쾌히 튜브를 내주었다. 코오 오빠는 바지 안에 미리 수영복을 챙겨 입고 나왔다.

"바다에 얼마나 가고 싶었는지 몰라. 여기 올 때마다……."

학교 쪽으로 난 기다란 직선 포장도로를 걸으며 오빠가 말했다.

"이치노세키에는 바다 없어?"

"없어. 찾아가려면 엄청 멀고. 그래서 나는 여기 사는 네가 부러워."

아스팔트 위로 우리 둘의 그림자가 땅딸막하게 드리워졌다. 도로 양옆으로 논두렁이 주르륵 이어지는가 싶더니 집들이 하나둘씩 보이기 시작했다. 가끔씩 자전거가 우리 옆을 스쳐 지나갔고 반대편에서 사람이 걸어올 때도 있었다. 그때마다 나는 내가아는 애들인지 눈을 부릅뜨고 확인했다. 만약 친구라면 내가 먼저 손을 흔들어 인사해야지. 그 애가 코오 오빠를 발견하고 "누구야?" 하고 물어보게끔. "코오 오빠야." 하고 자랑해야 하니까.

거기까지 생각하다, 나는 문득 오빠를 올려다보며 손을 잡아당겼다.

"있지, 오빠."

해를 등지고 서서 나를 내려다보는 오빠의 얼굴이 그림자 때문에 그늘져 보였다. 하지만 "응?" 하는 목소리는 평소처럼 밝았다.

"친구들이 오빠가 누구냐고 물어보면, 나는 뭐라고 대답해야해? 오빠는 나한테 뭐야?"

나는 아직까지 나와 오빠의 촌수 관계를 정확히 몰랐다. 친척이라는 어림짐작 말고는 딱히 아는 바가 없었다. 오빠는 확실하게 알고 있다는 듯 "에헴, 나는 센리의 삼촌이지!" 하며 위풍당당하게 대답했다가 "아닌가?" 하며 고개를 갸웃거렸다.

"삼촌이라면 어머니, 아버지의 형제를 부르는 말인데. 이상하네, 아닌가보다."

그렇게 혼자 중얼거리더니 장난기가 발동한 듯 히쭉 웃으며 나를 바라봤다.

"여름방학 한정 오빠! 그렇게 말해."

"응!"

나는 "오빠, 오빠." 하고 계속 종알거리면서 길을 걸었다. 15분 정도 걷다가 굽은 도로를 돌아나가자 학교로 올라가는 비탈길이 보였다. 그 길을 오르지 않고 옆길로 빠져나갔더니 눈앞으로 바다가 펼쳐졌다.

"우리 뛰어갈까?"

두 눈 가득 바다가 들어선 순간, 코오 오빠가 조심스럽게 속삭였다.

나는 "와아!" 하면서 튜브 든 손을 높이 쳐들었다. 샌들을 신은 채 열심히 달려가는 내 옆에서, 코오 오빠가 내 속도에 맞춰 성큼성큼 뛰었다.

둑을 한달음에 뛰어 내려갔다. 샌들 바닥이 콘크리트에 쓸리면서 자박자박 소리를 냈다.

해변에서 모래를 만지며 놀고 있던 마 언니가 손을 흔들었다.

"센리!"

바닷가에 있던 사람들이 전부 내 쪽을 돌아봤다. 새하얀 파도의 끝자락이 반짝거리며 나를 향해 몰려들었다. 코오 오빠를 손가락으로 가리키며 "누구?" 하고 친구들을 대표해서 묻는 마 언니를 향해 나는 목청껏 소리를 높였다.

"여름방학 한정 오빠!"

코오 오빠는 티셔츠를 벗어 던지며 "센리의 오빠입니다!"라고 말했다.

하지만 마 언니 뒤로 언니의 아버지가 불쑥 나타나더니, "센리 할아버지 막내동생분 아드님이란다." 하고 바로잡아주었다.

오전이라 바닷물은 아직 차가웠다. 물을 휘젓는 발가락 끝으로 찌릿하게 냉기가 느껴졌다.

'아, 좋아라!'

바닷물에 몸을 맡긴 채 튜브를 끼고서 둥둥 떠 있는데, 코오 오빠가 손을 뻗어 튜브를 쿡쿡 찌르기도 하고, 잡아당기기도 하면서 장난을 걸어왔다. 나는 그때마다 큰 소리로 깍깍거렸고, 오빠도 재미있다는 듯 하하하 웃었다.

해가 높이 떠올랐다. 따뜻해진 바닷물을 헤치며 코오 오빠가 신나게 수영을 했다.

내가 잠시 쉬러 모래사장으로 올라왔을 때 마 언니가 다가와 귀엣말을 속삭였다.

"센리네 오빠, 꼭 범고래 같아. 진짜 진짜 멋있다."

범고래! 딱 맞는 말이었다. 햇볕에 그을린 몸으로 유연하게 파도를 타는 코오 오빠는 한 마리 범고래 같았다. 오빠는 쉬지 않고 헤엄을 쳤다. 4학년인 토오코의 오빠와 수영 실력을 겨룰 때는 전에 없이 즐거워했다.

"얘들아, 그만 가자꾸나! 아저씨 배에서 꼬르륵 소리 나요."

낮 한 시가 조금 넘었을 때 마 언니네 아버지가 애원하듯 말했다.

나는 아주 새까맣게 탔다. 코오 오빠도 머리가 얼얼하다며 짧은 머리카락 속으로 손을 집어넣었다.

집으로 돌아갈 때는 다 같이 함께 걸었다. 맨 뒤에서 마 언니네 아버지가 아이들의 행진을 든든히 지켜주는 가운데, 나와 코오 오빠는 행렬의 한가운데에서 걸었다. 물놀이에 지쳐서 엿가락처럼 늘어지는 손을 서로 잡아당기듯이 붙잡고서.

집에 도착해보니 깔끔하게 치워진 식탁 위에 커다란 소쿠리 하나만이 덩그러니 놓여 있었다. 소쿠리 안에는 약간 마른 국수 덩어리가 들어 있었다. 오빠와 나는 일단 국수 가락을 목구멍으로 욱여넣고, 곧바로 불단이 모셔져 있는 방에 벌렁 드러누웠다. 힘이 쭉 빠진 손발을 방바닥 위에 올려놓자 그대로 바닥에 철썩 달라붙어버렸다.

곧이어 코오 오빠의 코 고는 소리가 들렸고, 내 눈꺼풀도 서서히 풀리기 시작했다. 선풍기 모터 소리와 건넛방에서 들려오는 똥땅똥땅 피아노 소리. 마리 언니가 치에미를 위해 피아노를 치고 있나 보다. 앞머리를 스치는 미지근한 바람을 느끼며 나는 스르르 잠이 들었다.

치에미가 한 번 나를 흔들어 깨운 것 같았다. "수박 먹어야지"라는 할머니의 목소리를 들은 것 같기도 했다. 하지만 눈이 떠지질 않았다. 나는 파도의 잔물결처럼 기분 좋게 흔들리는 꿈에 포근히 안겨 있었다.

"세엔, 일어나아."

아직 잠이 덜 깬 것 같은 코오 오빠의 몽롱한 목소리에 눈을 떴을 때는 이미 고소한 음식 냄새가 집 안을 가득 메우고 있었다. 참기름 향이 은은하게 풍겼다. '킁킁, 중국식 샐러드다.' 하고 생각하는 순간, 콩나물 싹이 돋아나듯 눈이 반짝 떠졌다. 몸을 일으키니, 옆에 양반다리를 하고 앉아 있는 코오 오빠가 보였다. 오빠의 뺨에 방바닥 자국이 꾹 찍혀 있었다.

"오빠, 볼에 자국 났어."

내가 그렇게 말하자, 코오 오빠는 내 얼굴을 가만히 들여다보더니 "너도 자국 났거든요." 하며 받아쳤다.

어느새 창밖은 어둑해졌고, 모기장 너머로 시원한 바람이 불어왔다. 처마 끝에 달린 오래된 풍경이 한참 동안 소리 내어 울었다.

"코오, 센리, 이제 저녁 먹어야지. 어서 와."

재촉하는 엄마 목소리에 벌떡 일어섰다. 가족이 갑자기 열 명으로 불어나는 바람에, 평소 쓰던 튼튼한 밥상 옆으로 새로 꺼낸 접이식 밥상이 나란히 놓여 있었다. 아이들은 작은 밥상에서 먹는 것이다.

"나는 코오 오빠 옆에!"

"나도 센리 옆으로."

배 속이 텅텅 빈 것 같았다. "잘 먹겠습니다"라는 인사가 끝나기가 무섭게 밥그릇으로 와락 달려드는데, 젓가락이 없었다. "젓가락!" 하고 외치자, 어른 밥상에서 휙휙 젓가락 통이 몇 명의 손을 거치더니 마지막으로 코오 오빠가 "자, 여기." 하며 내 손에 꼭 쥐어주었다. 이런 소소한 배려가 좋았다.

내 앞에 앉은 치에미도, 소스 병을 흔들어 섞어주는 마리 언니가 곁에 있는 덕분에 홀쭉한 볼이 오랜만에 빵빵해져 있었다.

할아버지가 이치노세키의 작은할아버지에게 무슨 말을 건네면, 작은할아버지는 호탕하게 웃으며 옆에 앉은 우리 아빠에게도 말 건네는 걸 잊지 않았다. 할아버지가 주는 술을 거절하지 못한 아빠는 얼굴이 벌겋게 달아올라 있었다. 청주 한 잔의 향기가 떠들썩한 분위기를 타고 내게로까지 풍겨 왔다.

그 바로 앞에서 여자 셋, 그러니까 할머니, 엄마, 작은할머니가 시끌벅적하게 이야기를 주고받으며 연신 웃음보를 터뜨렸다. 피가 한 방울도 섞이지 않았는데 이를 드러내며 웃는 작은할머니의 모습이 엄마와 참 많이 비슷했다.

내 옆에서 입안으로 열심히 밥을 밀어 넣고 있는 코오 오빠.

"센, 밥 다 먹으면 우리 게임 하자."

"응!"

수많은 이야기들이 식탁 위를 오갔다. 목소리에 묻혀 그릇이 부딪치는 소리는 거의 들리지 않았다. 왠지 모르게 밥상 언저리가 뜨겁게 느껴졌다.

작은 밥상 구석에 앉아 있었지만, 커다란 품속에 안겨 있는 기분이었다. 왁자지껄한 식탁이라는 품에 포옥! 정말 기분이 좋았다.

"오빠. 오빠네랑 우리랑 같이 살면 좋겠다, 그치?"

그러자 코오 오빠는 밥공기를 내려놓고 "우음, 좋아." 하며 여전히 입안에 밥을 한가득 넣고서, 젓가락으로 나를 가리켰다. 나는 기분이 점점 더 좋아졌다.

그때 마리 언니의 커다란 웃음소리가 달콤한 분위기를 비집고 끼어들었다. 이야기 삼매경에 빠진 어른들의 주의를 끌 정도는 아니었지만.

"어머, 센리, 너 지금 그게 말이 된다고 생각하니?"

그 말을 하는 마리 언니는 오싹할 정도로 평소처럼 다정하게 웃고 있었다. 그 옆에서 치에미가 입가에 밥풀을 붙인 채 멍하니 앉아 있었고, 나는 아무 말도 하지 못한 채 눈만 끔벅거렸다. 그렇게 곧바로 싫은 내색을 할 줄은 정말이지 몰랐다. 옆에서 코오 오빠가 씩씩거리며 화를 참고 있는 게 눈에 훤히 보였다.

"누나답지 못하게……."

오빠가 중얼거린 말을 마리 언니는 그냥 넘기지 않았다. 마리 언니가 거칠게 젓가락을 내려놓았다. 두 사람 사이에 긴장된 분위기가 감돌았다.

목덜미가 서늘해졌다. 그런 식으로 마리 언니와 코오 오빠가 부딪치는 모습은 처음 봤다.

하지만 가장 마음에 걸린 것은, 맞은편에 앉아 있는 치에미였다. 이미 터진 울음을 삼키고 있는 듯 치에미의 콧구멍이 벌렁거렸고 어깨가 바들바들 떨렸다. 그 모습이 너무 가여워서 나는 진심으로 내가 한 말을 후회했다.

딱 사흘이었다. 고등학생이 된 마리 언니가 아무것도 없는 시골에서 아이들을 챙기며 견딘 시간은.

나흘째 되던 날, 언니는 먼저 이치노세키 집으로 떠났다. 전철을 네 번이나 갈아타고 가야 했지만 굳이 혼자서 먼저 집을 나선 것이다. 여름방학 숙제를 해야 한다는 핑계를 댔지만, 나는 엄마와 할머니가 설거지를 하면서 흉보는 소리를 듣고 말았다.

"숙제를 꼭 해가야 하는 좋은 학교에 다니지도 않으면서."

"봤니? 그 발톱. 아주 시뻘겋더라."

사흘 내내 빠짐없이 찾았던 바다에도 더 이상 갈 수 없었다. 나와 코오 오빠는 치에미를 데리고 논두렁길을 터덜터덜 걸었다. 오빠는 잠자리를 잡아서 내 귀에 갖다 대며 장난을 치기도 하고, 풀싸움에 쓸 만한 좋은 풀을 고르는 법을 알려주기도 했다.

오빠는 여전히 우리를 잘 챙겨줬지만, 종종 마음이 딴 데 가 있는 것 같았다. 나와 치에미만 놀게 내버려두고 마당 담벼락 아래에 멍하니 앉아 있기도 했다.

그런 오빠의 관심을 끌려고 나는 동전을 좌르륵 집어삼키는 마리오, 마리오한테 밟히는 굼바 같은 게임 캐릭터를 흉내 냈다. 코오 오빠는 박수를 치며 즐거워했지만, 그때뿐이었다.

나는 알고 있었다. 마리 언니는 이제 이곳에 다시 오지 않을 것이다. 그리고 코오 오빠도 나랑 놀아줄 날이 몇 번 남지 않았다. 올해를 포함시켜도, 다섯 번도 채 되지 않을 것이다.

여드레째 날, 휴가가 먼저 끝나는 바람에 다시 일하러 나간 부모님을 뺀 나머지 네 식구는 이치노세키 식구들을 큰길까지 배웅했다.

"내년에 또 놀러 올게."

라이트 밴 뒷좌석에 앉은 코오 오빠는 나와 치에미의 머리를 쓰다듬으며 늘 그랬듯이 환하게 웃으면서 말했다. 우리는 아무 말 없이 고개를 끄덕였다.

손을 흔드는 오빠와 작은할머니의 모습이 빠르게 멀어져갔다.

자동차는 자갈길을 빠져나가 학교 반대 방향으로 길게 나 있는 외길로 접어들었다. 차가 다음 마을로 들어서서 보이지 않을 때까지 우리는 계속 손을 흔들었다. 오빠와 작은할머니도 우리를 향해 언제까지고 손을 흔들고 있었다.

빨간 지붕 집 그늘 속으로 차가 사라지자, 할아버지도 할머니도 휴우 하고 크게 한숨을 내쉬었다.

"드디어 끝났구먼."

할아버지와 할머니가 허리를 쭉 펴면서 집 쪽으로 몸을 돌렸다.

여느 때 같으면 나와 치에미도 곧장 그 뒤를 따랐을 테지만, 오늘 치에미는 고개를 푹 숙인 채 꿈쩍도 하지 않았다. 나도 치에미 곁에 꼼짝 않고 서 있었다.

"언니."

치에미가 고개를 번쩍 쳐들었다. 초롱초롱 젖은 눈망울이 나를 뚫어지게 바라보고 있었다.

"마리 언니, 이제 안 오는 거지?"

하마터면 '안 오겠지'라는 말이 불쑥 튀어나올 뻔했지만 바로 직전에 그 말을 목구멍 속으로 꾹 밀어 넣었다.

"그건 몰라. 내년이 돼봐야 알 수 있어."

나는 허리를 굽혀 치에미의 양손을 잡았다. 작은 손은 아주 뜨거웠다.

치에미는 닭똥 같은 눈물을 뚝 떨어뜨렸다. 나도 따라 울 뻔했지만 꾹 참았다. 발밑에서 개미떼가 죽은 매미를 향해 달려들고 있었다. 매미의 몸뚱이가 뙤약볕에 타버린 것처럼 바스락거렸다.

쏴, 하는 소리가 울렸다. 바람이 벼 잎사귀를 쓰다듬는 소리다. 치에미의 머리카락을 들쑤시던 세찬 바람이, 반바지 밖으로 드러난 내 다리 사이로 숭 빠져나간다.

이제 여름방학은 나흘밖에 남지 않았다. 코오 오빠가 온 날부터 한 줄 일기장은 하얀 일기장으로 변해버렸다. 노느라 지쳐서 한 줄도 쓰지 못했기 때문이다. 일곱 줄을 작은 글씨로 빼곡하게 채워 열네 줄처럼 쓸 거라고 다짐하면서, 나는 치에미의 손을 잡았다. 코오 오빠가 그랬듯이 꼭 잡아주었다.

비닐속
여자아이

아츠시가 꼬리를 비틀어 뜯었을 때 잠자리가 시계 초침 소리처럼 '치이익' 하고 울었다.

"봐라. 난다, 난다."

그러면서도 아츠시는 날개를 잡은 손가락을 놓지 않았다.

"바보야, 그러고 어떻게 나니?"

콘크리트 담벼락 위에 걸터앉은 아카네가 코웃음을 쳤다.

"그렇지, 센리! 못 날지?"

아카네의 강렬한 눈빛이 아츠시 바로 옆에 서 있는 내게로 향했다.

"못날 것 같아"라고 아카네를 의식하며 말하는 와중에도, 내 시선은 여전히 아츠시의 손가락에 못 박혀 있었다.

보통 꼬리라고 부르고 과학 시험지에는 '배'라고 써야 하는 부분이 싹둑 잘려 나간 잠자리는 철사처럼 가느다란 여섯 개의 다리를 정신없이 움직이며 발버둥이 쳤다. 날개를 붙잡힌 채 다리를 버둥거리고 있었지만, 플라스틱처럼 반들반들한 두 눈알을 보고 있으려니 고통을 느낀다고 생각하기 어려웠다. 잠자리의 얼굴은 정말이지 가면 같았다.

우리는 논을 가로지르는 포장도로 옆, 죽 늘어선 집들 사이에 충치 구멍처럼 휑뎅그렁하게 자리한 작은 주차장에 모여 있었다. 나와 아카네와 아츠시, 카즈야와 토오코.

모범생인 카즈야는 아까부터 애매한 웃음을 머금고 아츠시 옆에 서 있었다. 아츠시가 알사탕 포장지처럼 아무렇지 않게 뜯어서 내버린 잠자리의 빨간 꼬리 쪽을 이따금씩 흘끔거리며 무릎부터 발까지만 움찔거렸다. 무서워하는 게 분명했지만, 얼굴에는 드러내지 않았다. "그러지 마"라고 괜히 말했다가 아츠시한테 맞을까봐 그게 더 두렵고 무서운 것이리라.

카즈야와 마찬가지로 아까부터 말 한마디 하지 않은 채 입을 굳게 다물고 있는 사람은 내 뒤에 있는 토오코였다. 살짝 뒤를 돌아보니 토오코가 양 갈래로 묶은 머리끝을 잡아당기면서 멍한 눈으로 잠자리를 보고 있었다.

"이거 봐라, 토오코."

아츠시가 토오코의 눈앞에 꼬리 없는 잠자리를 들이밀며 놀리듯이 말했다.

아츠시는 우리 다섯 명 중 유일하게 학년이 하나 아래인데도 제법 키가 컸다. 또래에 비해 키가 큰 토오코의 코끝까지 쉽게 손이 닿을 정도였다.

토오코는 눈을 감고 입을 닫았다. 입을 꾹 다물고 있어서, 입술 아래쪽이 매실 씨처럼 울퉁불퉁 튀어나왔다. 아츠시는 그런 토오코를 보더니 휙 하고 고개를 돌렸다. 나만 그렇게 느꼈는지 모르지만, 조금 쓸쓸해 보였다.

"아츠시, 정말 날아?"

나와 아츠시는 얼굴을 아는 사이기는 해도 매일 같이 놀 정도로 친하지는 않았다. 그래서 멋쩍은 듯 쓸쓸해 보이는 아츠시에게 어떻게 말을 걸어야 할지 알 수가 없었다. 아츠시 역시 어색하게 사이를 두고 "난다니까." 하며 짤막하게 대답할 뿐이었다.

담벼락 위에 앉아 있던 아카네가 "못 날면 백만 엔!"이라고 외치는 순간, 아츠시가 오른손 손가락을 폈다. 소리도 없이 손가락에서 떨어져나간 잠자리는, 한순간 낙하하는 듯하더니 이내 우리 머리 위로 날아올랐다.

이상하게도 누구 하나 고함을 치지 않았다. 혀를 차는 아카네의 소리가 낮게 들렸고, 카즈야는 맥없이 웃고만 있었다. 정작 아츠시도 '맞지, 내 말이 맞지?' 하는 환성은커녕, 균형을 잃지 않으려고 조심스럽게 날갯짓을 하는 잠자리의 자취를 쩨려보듯 눈으로 좇고 있었다.

묘한 분위기였다. 기대하지 않고 그냥 불러본 UFO가 너무 쉽게 눈앞에 나타난 것 같은, 바로 그런 분위기!

마치 바람을 그려놓은 것 같은 선명한 새털구름이 산 위에 가볍게 걸쳐져 있었다. 아카네가 앉아 있는 콘크리트 담벼락 너머로 벼 이삭이 자를 대고 자른 인형의 머리털 끝처럼 가지런하게 서 있었다. 초가을이라 막 마르기 시작한 풀 냄새가 은은하게 감돌았다. 몸의 반쪽을 잃어버린 잠자리는 하늘로 날아가지 않고 우리의 시선이 닿는 곳, 동요에 나올 것 같은 가을 풍경 한가운데서 균형을 잃은 채 파닥거리며 한동안 떠돌았다.

"쓰으윽!"

아스팔트에 신발 바닥을 대고 문지르는 듯한 소리가 났다. 아츠시가 고개를 숙이고 있었다. 잠자리 꼬리를 밟아 뭉갠 것 같았다. 나는 아츠시의 신발 바닥을 보지 않으려고 눈을 돌렸다. 그러다 우연히 그 애의 목덜미에 깊게 패어 있는 오래된 상처를 발견하고 말았다. 상처는 햇볕에 그을린 목을 길게 쪼개듯이 가로지르고 있었다. 무슨 상처냐고 물으려는 찰나, 토오코의 목소리가 불쑥 끼어들었다.

"나, 갈래."

그러면서 동시에 내 팔을 세게 잡아당겼다. 토오코와 같은 방향으로 갈 사람이 나밖에 없어서 그런 것이리라.

아츠시는 토오코의 말을 듣자마자, 버릇처럼 오른팔을 목 뒤로 돌려 상처를 탁 때렸다. 그리고 "가, 이 겁쟁이야!"라고 중얼거렸다.

토오코는 내 팔을 당기며 걷기 시작하더니 주차장을 빠져나오자 잡았던 손을 놓았다.

"이제 아츠시랑 놀지 말자."

길 저편으로 시선을 던지면서 토오코가 말했다. 그림자가 왼쪽으로 길게 드러누워 있었다.

나는 "응." 하고는 무슨 말을 더해야 할지 고민, 또 고민하다가 결국 입을 다물고 말았다.

"그치만 아츠시는 카즈야랑 토오코랑 어릴 때부터 많이 친했잖아?"

드디어 다른 화제를 찾아내 입에 올렸을 때, 우리는 마을 끝에 다다라 있었다.

길 양옆으로 늘어선 집들이 드문드문 자취를 감추고, 뻥 뚫린 하늘이 입을 쩍 벌리고 있었다. 허공에는 깨를 뿌린 것처럼 작은 점들이 흩어져 있었다. 전부 잠자리였다.

조금 앞서 걷던 토오코가 뒤돌아서더니 "상관없어"라고 중얼거렸다. 그때 잠자리 한 마리가 날아와서 토오코의 어깨 위에 앉았다. 토오코는 잠자리의 존재를 눈치 채지 못한 채, "안녕." 하고 손을 흔들었다. 바로 눈앞에 마을에서 비교적 새 집에 속하는, 벽이 새하얀 토오코네 집이 우뚝 서 있었다.

나도 잠자리 얘기는 하지 않고, "내일 봐." 하며 손을 흔들었다. 그때까지 잠자리는 태엽 감긴 장난감처럼 입과 목을 꼬물꼬물 움직이며 나를 쳐다보고 있었다.

토오코네 집을 지나치면 조금 갑작스럽게 대나무 숲이 모습을 드러낸다.

숲 속 하늘은 조각조각 끊어져 있고, 대나무는 음산한 파도 소리를 냈다. 일부러 땅에 꽂아놓은 것처럼 위로 쭉 뻗은 대나무 무리 저편은 어슴푸레해서 아무것도 보이지 않았다. 그제야 해가 저물고 있다는 사실을 깨달은 나는 어둠을 헤치고 힘껏 달렸다.

집에 도착하니 시곗바늘은 다섯 시에서 오 분쯤 지난 곳을 가리키고 있었고, 할머니의 무시무시한 꾸지람이 머리 위로 떨어졌다.

'산 너머 마을에서 여자아이 하나가 실종됐다'는 이야기를 들은 것은 다음날 조회 시간이었다.

"너희와 같은 2학년이다."

선생님은 교탁에 양손을 짚고 서서 아주 심각한 목소리로 말했다. 어제부터 텔레비전 뉴스에 귀에 익은 마을 이름이 자주 나온다 싶었더니 실종사건 때문이었나 보다.

"여자아이는 아직 돌아오지 않았고, 범인이 누구인지도 아직 몰라. 그래서 오늘부터 단체 하교를 하기로 했다. 등교할 때처럼 동네별로 짝지어진 그룹이 모여 하교하면 된다. 1학년부터 6학년까지 전교생이 1층 광장에 모여서 다 같이 집에 가는 거야."

1교시 후, 쉬는 시간 내내 교실은 실종 사건에 관한 이야기로 떠들썩했다.

"그거 알아? 없어진 애, 히라타히가시 초등학교에 다닌대!"

"어떡해, 완전 가깝잖아."

남학생, 여학생 할 것 없이 여기저기 모여서 쉴 새 없이 떠들어 댔다. 이럴 때 꼭 까불거리는 토못페가 "우리 집은 몸값 못 낼 테니 난 안전하겠는걸!" 하고 재미있다는 듯 큰 소리로 말했다.

늘 그렇듯 나는 아카네, 토오코와 함께 아직 난방이 들어오지 않은 히터 옆에 모여 있었다.

"……몸값이 문제가 아니잖아."

아카네가 대각선 맞은편에 있는 토못페를 슬쩍 쳐다본 후, 우리가 만들어놓은 삼각형 공간 안에서 속삭였다.

"텔레비전에서 봤는데, 협박 전화 같은 것도 없었대. 차에 타는 걸 본 사람이 있어서 사건이 일어났다고 알아챈 거래. 범인이 뭘 요구하거나 그런 게 아니라던데."

"돈 달라는 거 아니면 왜 납치해?"

내가 생각나는 대로 말하자, 아카네는 잠시 침묵하다가 "이상한 아저씨니까." 하며 툭 내뱉었다.

"이상한 아저씨?"

내가 똑같이 따라하자, 아카네는 긴 생머리를 여배우처럼 자랑스럽게 쓸어내리더니 "어휴 징그러워." 하며 입을 삐죽였다.

순간적으로 '아카네는 예쁘긴 하지만 뭐랄까, 왠지 납치당할 타입은 아닐 것 같은데.' 하는 생각이 스쳤지만, 아무 말도 하지 않았다.

아카네는 나른한 듯 고개를 젖혔다.

"아아, 범인이 잡힐 때까지 밖에서 놀지 말아야겠다."

아카네가 큰 소리로 말하자, 교실 안의 아이들이 전부 돌아봤다.

"토오코, 그러자, 응?"

아카네가 아까부터 말이 없는 토오코의 얼굴을 빤히 쳐다보며 말했다. 토오코는 백지장같이 창백한 얼굴로 그 자리에 못 박힌 듯 서 있었다.

"토오코 괜찮아?"

"토오코!"

나와 아카네가 동시에 토오코를 불렀다.

토오코는 아무것도 아니라는 듯 고개를 가로젓더니, 밑도 끝도 없이 이런 말을 내뱉었다.

"죽은 거 아닐까?"

"뭐?"

아카네의 입이 '쩍' 하고 벌어졌다.

토오코는 아카네가 입고 있는 데님 점퍼스커트의 주머니를 멍하니 쳐다보며 다시 한 번 말했다.

"그 여자아이, 이미 죽은 것 같지 않아?"

나와 아카네의 시선이 서로 마주쳤다. 우리 둘은 호흡이 맞을 때가 거의 없는데, 그 순간만큼은 완벽하게 포개지듯 동시에 서로의 얼굴을 쳐다봤다.

　아카네가 연거푸 "뭐?"라고 할 것 같아서 나는 서둘러 입을 뗐다.

　"그런 말 하면 안 돼, 토오코."

　"그렇지만······."

　토오코는 잠시 숨을 참듯 말을 멈췄다. 구름 사이로 내비치던 따스한 햇살이 토오코의 뒤쪽 창문을 타고 들어와 그녀의 머리 둘레를 은은한 갈색빛으로 물들였다. 그러나 빛은 금세 사라졌고, 토오코의 머리카락도 순식간에 어두워졌다. 가을 구름은 너무 빨리 흘러가버린다.

　토오코는 어제 아츠시가 그랬던 것처럼, 신발로 교실 바닥을 한 번 쓱 문지른 다음 말했다.

　"어제 아츠시가 괜히 잠자리 잡아서 꼬리 잘랐잖아. 그 전까지 잠자리는 그냥 잘 날고 있었는데. 그것과 똑같은 거야. 누군가가 아무 이유 없이 그 아이를 그냥 잡아간 거야."

　아카네가 대체 무슨 소리냐는 표정으로 "뭐?" 하고 되물었다.

　나 역시 순간적으로 토오코가 무슨 말을 하는지 알 수 없었다. 그 애가 무엇을 두려워하고 있는지는 더더욱 알 수 없었다. 하지만 이어진 대답에서 어렴풋이 토오코의 마음을 읽을 수 있었다.

"우리도 말이야, 당장 내일 어떻게 될지 몰라. 그렇게 생각하지 않아?"

광장은 엄청나게 북적였다. 1학년부터 6학년까지 단체로 하교하는 것은 처음 있는 일이었다. 아무리 한 학년에 한 학급밖에 없는 작은 학교라지만, 전교생이 다 모이면 200명은 족히 넘는다.

고학년 반장들이 노란 깃발을 펄럭펄럭 흔들어 신호를 보냈다. 깃발 한가운데서 나는 항상 같이 등교하는 동네 오빠를 발견하고 뛰어갔다.

바로 옆으로 토오코와 함께 등교하는 그룹이 줄을 서고 있었다. 1학년인 아츠시도 보였다. 아츠시 바로 뒤에 서 있던 토오코는 아츠시의 책가방을 외면하고 싶은 듯, 광장에 촘촘히 깔린 인조 잔디를 내려다보며 괜히 발끝으로 풀을 뭉개고 있었다. 아츠시는 아츠시대로 덧니를 드러낸 채 히죽히죽 웃으며 6학년 반장형의 배를 쿡쿡 찌르는 등 참견을 하고 있었다.

우리 동네 등교 그룹과 토오코네 등교 그룹은 거의 동시에 교문을 나섰다.

어느새 하늘에 먹구름이 잔뜩 끼어 있었다. 울퉁불퉁한 아스팔트 도로의 색깔이 짙어지면서 점점 눅눅해졌다. 이럴 때는 어김없이 비가 쏟아졌다.

뒤에서 "비 오겠다." "5교시만 해서 다행이야"라고 종알대는

5학년 언니들의 목소리가 들렸다. 바닷가 쪽에서 소금기와 습기를 머금은 바람이 불어오는 바람에, 직선 도로의 하굣길이 평소보다 더 길게 느껴졌다.

행렬은 논 가운데에 있는 사거리에서 왼쪽으로 꺾은 다음 자갈길로 들어섰다. 토오코네 그룹과는 여기에서 갈라진다. 나는 조금 뒤에서 걸어오고 있던 토오코네 그룹을 향해 고개를 돌렸다.

"토오코!"

토오코는 연신 발끝만 보며 걷고 있었다.

"잘 가!"

내가 인사하자 토오코가 고개를 들고 살짝 웃으며 손을 흔들었다. 우리 집은 모퉁이를 돌면 바로 보이고, 토오코네 집은 곧장 가다가 대나무 숲을 지나면 보인다.

반 친구들과도 작별 인사를 나누고 대문—실은 문이라고 할 것도 없는 담에 난 구멍 같은 것이지만—안으로 들어갔을 때 정수리에 톡 하고 무게감이 느껴졌다. 단숨에 흙냄새가 짙어진 것 같았다. 비다!

그때 자갈길을 구르는 듯한 발소리가 내 뒤를 쫓아왔다. 곧이어 토오코의 찢어지는 듯한 외침소리가 들렸다.

"센리! 이리 와봐!"

단체 하교 행렬이 길 저편으로 사라지고 있었다. 비가 내리기 시작했을 때, 그러니까 토오코네 집 근처에서부터 아이들은 뛰어갔을 것이다.

　아직 약한 빗방울이 흩날리는 가운데, 우리는 대나무 숲에 서 있었다.

　토오코는 울상이었다. 당장이라도 서럽게 울음을 터뜨릴 것처럼 예쁜 코에 주름이 잡혔다. 토오코가 손가락을 뻗어 가리켰다가 곧바로 거두어들인 그곳에 파란색 쓰레기 봉지가 놓여 있었다.

　그렇다, 쓰레기 봉지다. 우리가 초등학교에 입학하던 해부터 사용이 금지된, 속이 보이지 않는 봉지! 무거운 것을 쑤셔 담은 듯 군데군데 부풀어 오른 봉지는 땅에 아무렇게나 버려져 있었다. 애니메이션에 나오는 비현실적인 하늘처럼 선명한 파란색 봉지가 자잘한 대나무 잎들 사이에서 눈에 확 띄었다. 비로소 토오코가 무슨 말을 하고 싶어서 나를 이곳에 데려왔는지 알 수 있었다.

　몇 겹씩 층을 이룬 대나무 잎을 뚫고 빗방울이 후드득 떨어졌다. 타닥타닥타닥. 땅을 덮은 키 작은 대나무 잎 위로 비가 떨어지면서 난쟁이가 뛰어다니는 듯한 요란한 소리가 났다. 그 난쟁이들이 한꺼번에 대나무 숲으로 몰려와 내 발 위로 기어오르고 있는 양 발바닥에서부터 썰늘한 냉기가 몸을 타고 올랐다.

　"어제는 없었어?"

모르겠다는 대답이 돌아왔다.

"만약 있었더라면 알아봤겠지. 눈에 띄기도 하고."

"그래. 그랬겠지."

나는 최대한 침착하려고 애썼다. 그러나 불길한 예감은 내 눈앞에서 고작 3센티미터 떨어진 곳 주변을 계속해서 떠돌고 있었다.

토오코의 손이 내 손끝을 가만히 잡았다. 우리는 한참 동안 대나무 숲 속 파란 봉지를 뚫어지게 쳐다봤다. 비가 우리를, 땅을 천천히 얼어붙게 만들고 있었다.

"아냐, 아닐 거야. 토오코."

내가 가까스로 입을 뗐다. 입김이 뜨겁게 느껴질 정도로 공기가 차가웠다.

"이렇게 찾기 쉬운 곳에 버렸을 리가 없어. 길에서도 훤히 보이잖아."

내 손에 닿은 작은 손가락도 차갑게 굳어 있었다.

토오코는 "그렇지? 아니겠지?"라고 말하면서도 파란 비닐봉지에서 눈을 떼지 않았다.

안심시키려고 한 말이 아니다. 정말 아니라고 생각했다. 저 비닐봉지 속에 사라진 여자아이가 들어 있다고? 말도 안 된다. 풀어 보면 틀림없이 쓸모없는 잡동사니가 들어 있을 것이다. 가끔 뉴스에 '쓰레기 불법 투기'라고 나오는……. 비싼 쓰레기 봉투를 사용하라는 마을 규정이 생긴 후부터 산에 쓰레기를 몰래 버리는 양심 없는 사람들이 생겼다고, 언젠가 할머니가 불평하는 소리를 들은 적이 있다. 저것도 그렇게 버려진 쓰레기일 것이다, 분명히!

그렇게 생각한다면 확인해보면 될 것을, 다리가 움직이지 않았다. 지금 서 있는 곳에서 두세 걸음 정도 다가가 작은 대나무로 헤집어 보면, 봉지의 내용물이 딱딱한지 물렁물렁한지 정도는 알 수 있을 것 같았지만⋯⋯ 대나무 숲에서 불끈 솟아오른, 정체를 알 수 없는 강력한 힘이 손바닥을 쫙 펼쳐 우리 앞을 가로막고 있었다.

'만약 저 비닐 속에 여자아이가 들어 있다면⋯⋯.'

"어른들 불러올까⋯⋯?"

이제 어쩔 도리가 없다는 생각에 그렇게 말하자, "하지 마!"라고 토오코가 절규하듯 소리쳤다.

어안이 벙벙해진 내가 고개를 돌려 쳐다보자, 눈 밑이 빨개진 토오코가 "앗!" 하며 입을 다물었다.

"미안해. 그치만 내가."

거기까지 말을 잇던 목소리가 오열로 바뀌었다. 치켜 올라간 눈초리에서 눈물이 주르르 흘러내려 비와 섞였다. 하지만 그 울음소리도 난쟁이들이 키 작은 대나무 잎 위를 뛰어다니는 타닥타닥 소리에 묻혀버렸다.

"내가 봤단 말이야. 아츠시가 아주 어렸을 때 용수로 있는 데서 같이 노는데……. 모르는 아저씨가 다가와서 아츠시를, 아츠시를 밀어서 떨어뜨렸어."

토오코는 울먹이며 연신 딸꾹질을 삼켰다.

나는 얼마 전에 봤던 아츠시 목의 상처가 떠올라 말문이 막혔다.

정말 몰랐다. 이렇게 아무것도 없는 시골 마을에서, 바로 내 옆에서, 그런 일이 일어났다니!

나는 아츠시가 그랬던 것처럼 오른팔을 목 뒤로 넘겼다.

"그럼, 아츠시 여기에 난 상처가?"

토오코는 목이 끊어지는 게 아닐까 싶을 정도로 세차게 고개를 끄덕였다.

"용수로 콘크리트 모서리에 쓱 베어서……. 피가 막 나고……."

이제 토오코의 머리카락은 완전히 비에 젖었다. 옆으로 묶어서 늘어뜨린 머리카락이 목에 찰싹 달라붙어 미끈거렸다. 숲 속 아래에 펼쳐진 작은 대나무 잎도 같은 색으로 빛나고 있었다.

나는 눈을 크게 뜨고 비닐봉지를 바라봤다.

"이젠 싫어." 하고 토오코가 중얼거렸다.

"센리, 아무한테도 말하지 마. 저거 분명히 쓰레기일 테니까."

파란색 봉지는 변함없이 키 작은 대나무 잎 너머에 있었다. 비에 젖어 괜스레 더 묵직해 보였다.

"저런 거, 더는 보고 싶지 않아."

토오코의 말은 앞뒤가 맞지 않았다. 하지만 그때는 이미 나도 토오코가 느끼는 냉기를 똑같이 느끼고 있어서, 그러니까 당장 그 자리에서 도망치고 싶을 만큼 무서워져서 그냥 고개를 끄덕이고 말았다.

"……토오코, 집에 가자. 감기 걸리겠다."

저녁 뉴스에서도 행방불명된 여자아이에 관한 기사부터 보도했다.

"오늘도 수사가 계속되고 있습니다"라고 말하는 아나운서 아저씨 뒤로 흐르는 영상을, 가족들이 눈치 채지 못하도록 곁눈질로 몇 번이고 확인했다. 당장이라도 대나무 숲이 텔레비전 화면에 나오는 게 아닐까 걱정하면서. 그러나 낯선 산과 썰렁한 국도의 모습만 보였다.

"센, 당분간은 밖에서 놀지 않는 게 좋겠구나."

엄마가 된장국을 후루룩 마시면서 말했다. 그때 할머니가 "하필 이런 때, 비를 쫄딱 맞고 들어왔지 뭐냐." 하고 일러바치는 바람에 저녁 식사 자리는 끝없는 설교의 장이 되고 말았다. 할아버지와 엄마가 번갈아가며 잔소리를 늘어놓았다. 약속한 귀가 시간까지 집에 꼭 들어오라는 둥, 모르는 사람이 말을 걸어도 대답하면 안 된다는 둥 빤한 소리가 뉴스 보도 화면이 일기예보 화면으로 바뀔 때까지 이어졌던 것 같지만, 한마디도 머릿속에 들어오지 않았다.

'수상한 비닐봉지를 발견했단 말이에요.'

몇 번이나 그 말이 튀어나오려는 걸 애써 꾸욱 참았다.

"비는 밤사이에 그치겠습니다"라고 일기예보를 전하는 언니의 목소리와 함께 아빠가 젓가락을 내려놓았다.

"뭐, 곧 찾겠지. 범인도, 그것도."

'그것'은 여자아이를 뜻하는 것 같았다.

"이런 시골 촌구석에서 꼬리가 안 잡힐 리 없지. 차도 조사하고 있는 것 같고."

아빠가 혼잣말처럼 중얼중얼하는 소리를 어렴풋이 들었다.

'찾을까? 정말 찾을 수 있을까?'

그날 밤, 나는 수도 없이 뒤척거렸다.

장지문 너머로 한참 전에 잠든 동생의 새근거리는 숨소리가 들려왔다. 옆방도 깜깜했다. 잠들 때쯤 항상 문을 통해 새어 들어오던 빛줄기도 오늘은 보이지 않았다. 그러니 완전한 암흑이어야 하는데, 정신이 말똥말똥한 탓인지 천장의 나뭇결조차 또렷이 보였다.

가만히 쳐다보고 있으면 나뭇결의 부드러운 곡선이 희미하게 춤을 춘다. 흐릿흐릿 멀리 있는지 가까이에 있는지 헷갈린다. 밤이 조금씩 부풀어 오른다.

눈을 감았더니 비닐봉지의 파란 빛깔이 등롱 불빛처럼 희미하게 떠올라 좀처럼 잠을 이룰 수가 없었다. 시간이 꽤 지나서인지 대나무 숲에서 느꼈던 냉기는 많이 사라졌다. 대신 막연하게 무섭다고만 생각했던 여자아이의 실체가 점점 눈에 보이는 듯했다.

나와 똑같은 초등학교 2학년 여자아이, 내가 사는 극히 평범한 시골 마을, 이 마을에서 산 하나 너머에 살고 있었던 여자아이다. 내가 그렇듯 여자아이도 그랬을 것이다. 친구와 얼굴을 마주하고 환하게 웃는 날도, 혹은 사이가 안 좋아서 억지웃음을 짓는 날도 있었을 것이다. 가족을 좋아하기도 하고 싫어하기도 했을 것이고, 숙제를 할 때도 안 할 때도 있었을 것이다. 아마 그런 특별할 것 없는 나날을 보내면서, 그 아이도 자신의 하루에 대해 그다지 깊게 생각하지 않고 그저 평범하게 하루하루를 보냈을 것이다.

그런데 갑자기 검은 손이 나타났다. 잠자리 꼬리를 비틀어 뽑던 아츠시의 손이, 잠자리에게는 밑도 끝도 없이 나타난 커다란 손이. 그런 아츠시도 예전에는 또 다른 거대한 손에 덥석 잡히고 말았고…….

"우리도 말이야, 당장 내일 어떻게 될지 몰라. 그렇게 생각하지 않아?"

그렇다. 내일 내가 잡힐지도 모르고, 토오코가 잡힐지도 모른다. 그렇게 생각하자 갑자기 울고 싶어졌다.

'우리가 바쁘게 움직이며 열심히 사는 것도 어쩌면 다 부질없

는 짓인지 몰라. 내일 당장 어떻게 될지 아무도 모르니까.'

나는 무시무시한 사고를 당할까봐 무섭다기보다 다른 의미로 두려웠다.

이렇게 계속 쳐다보고 있는 동안에도 천장의 나뭇결이 어둠 속으로 사라졌다 나타났다 하는 것처럼, 내가 보고 있는 모든 것이 불확실한 것임을 확실하게 깨달았기 때문이다. 생각한 게 아니라 깨달았다, 정말로!

비가 그쳐서 바람도 불지 않을 텐데, 집 어딘가에서 삐걱거리는 소리가 났다. 나는 그 소리에 이끌려 일어났다. 살며시 이불에서 빠져나와 창문에 손을 얹었다.

처음 보는 깊은 밤의 풍경이 완벽한 암흑이 아니라서 조금 놀랐다. 길가에는 드문드문 희미한 불빛의 가로등이 서 있었고, 사이사이 공간은 푸른빛이 감도는 짙은 녹색, 혹은 까마귀 날개보다 더 진한 검은색으로 물들어 있었다. 유리창 가까이 얼굴을 가져가니 썰렁한 바깥 공기가 느껴졌다. 가로등에서 지이잉 하는 희미한 소리가 들렸다.

불 꺼진 토오코네 집의 하얀 벽이 마치 빛을 뿜어내듯 떠 있었다. 그래서인지 그 옆의 대나무 숲이 더욱 어두워 보였다. 비현실적인 파란 빛깔의 비닐, 그 속의 여자아이가 암흑 속에서 나를 부르는 것만 같았다.

'꺼내줘야 해.'

마음을 정하고 숨을 얕게 토해내자, 코앞 유리창에 순간적으로 하얀 김이 서렸다.

아침 여섯 시가 되기도 전에 나는 쪽문을 통해 몰래 집을 빠져나왔다. 잠을 거의 자지 못한 탓에 팔다리가 딱딱하게 굳어 마치 내 것이 아닌 것 같았다. 구름이 녹아내린 것 같은 아침 공기 속을 더듬거리며 걸어갔다.

숲 속 아래, 키 작은 대나무 잎 저편으로 보이는 비닐봉지는 어제보다 모양새가 더 흐트러져 있었다. 마치 내용물이 아래로 더 쏠린 듯했다.

나는 숲으로 들어가기 전에 심호흡을 하고 쭉 뻗은 대나무를 올려다보았다. 언제나 꿈틀거리며 사사삭 소리를 내던 대나무 숲이 미동도 없이 조용히 하늘을 가리고 있었다. 용기를 내어 한 걸음을 내디뎠다.

어제 내린 비 때문인지 생각보다 훨씬 축축한 대나무 잎이 신발 바닥에 쩍쩍 달라붙었다. 그래도 성큼성큼 앞으로 나아갔다. 단단한 잎에 정강이가 베인 듯한 느낌이 들었지만, 아무 생각도 하지 않고 오직 파란 비닐만 보며 앞으로 나아갔다.

비닐봉지는 표면 곳곳에 작은 물웅덩이를 얹은 채 땅 위에 묵직하게 놓여 있었다. 주둥이는 두 개의 매듭으로 봉해져 있었다. 나는 손톱을 이용해 열심히 풀었다. 마침내 매듭이 풀리자 열린

봉지 틈새로 쑤욱 하고 냉기가 피어오르는 듯했지만, 눈을 질끈 감고 봉지를 홱 펼쳤다.

갑자기 뺨 안쪽에서 철의 비린 맛이 느껴졌다. 그것이 피 냄새라는 것을 알아차리자마자 그대로 도망가고 싶었다.

하지만 여기까지 와서 그냥 돌아갈 수는 없었다. 이대로 여자아이를 어두운 대나무 숲 바닥에 버려두고 갈 수는 없었다. 마음을 단단히 먹고 눈을 살며시 떴다.

비닐 안에는……, 여자아이가……, 없었다.

열 개 정도 모아서 끈으로 묶은 주사기 다발뿐이었다. 진짜로, 정말로, 쓰레기 불법 투기였던 것이다.

어젯밤부터 무겁게 어깨를 짓누르고 있던 짐이 사라지는 것을 느끼며, 나는 흙 위에 털썩 주저앉았다. 강렬한 아침 햇살이 길가 쪽을 환하게 비추고 있는 게 느껴졌다.

낯선 마을의 도로변에서 여자아이를 찾아냈다는 기사가 아침 뉴스에서 흘러나왔다. '알아볼 수 없을 만큼 끔찍한 모습으로……'가 아니라, '무사히 집으로 돌아왔습니다'였다.

나는 등교 그룹이 데리러 오기 전, 조금 일찍 토오코네 집 초인종을 눌렀다.

그리고 아직 아침 안개가 걷히지 않은 대나무 숲에서 서로의 머리를 맞대고 봉지 속을 열심히 들여다보았다.

토오코는 바닥까지 꿰뚫어보려는 듯 주사기로 가득한 쓰레기 봉지 속을 한참 동안 훑어보았다. 그러더니 불쑥 고개를 들어 내 눈을 마주보며 속삭였다.

"휴우 다행이다. 어제 한숨도 못 잤어."

주사기가 든 봉지에서는 변함없이 매캐한 철 냄새가 났지만, 더는 아무렇지도 않았다. 햇볕에 잘 여문 벼 이삭의 마른 냄새가 바람을 타고 흘러와 그 지독한 냄새를 살짝 덮어주었다.

"밤은 왜 그렇게 무서운 걸까?"

치마 밖으로 나온 새하얀 무릎 위에 손을 얹고 토오코가 물었다.

나는 "왜일까." 하고 대답 아닌 대답을 했다.

"야아, 토오코, 지금 뭐해?"

등 뒤에서 목소리가 들렸다. 토오코와 함께 돌아보니, 노란색 책가방을 멘 아츠시가 아스팔트 도로 위에서 손을 크게 흔들고 있었다. 카즈야와 다른 학년 아이들도 있었다. 벌써 등교할 시간이었다.

어두운 곳에 있다가 갑자기 친구들이 있는 숲 너머를 쳐다봤더니 눈이 심하게 부셨다. 얼굴을 찡그리면서 옆을 보니, 토오코가 손차양을 하고 길가 쪽을 바라보고 있었다.

"아츠시! 우리 집에 가서 내 책가방 좀 갖다주라."

토오코가 큰 소리로 외쳤다.

"아, 내가 왜?" 하고 투덜대면서도 왔던 길을 되돌아가는 아츠시 뒤로 작고 검은 것이 점점이 떠 있었다. 빛에 적응이 될 즈음, 그 점이 잠자리라는 것을 알았다.

아직은 조금 어둑한 아침 하늘, 아무것도 모르는 표정을 한 채 잠자리들이 쓱쓱 미끄러지듯 날고 있었다.

새끼 새를
밀어내다

1, 2학년 때 담임선생님이었던 아키라 선생님에 대한 기억은 별로 없다.

체육 선생님이었는데, 어린 마음에도 지나치게 반듯한 어른이라고 느꼈던 것 같다. 아키라 선생님은 우리처럼 어린 애들은 누군가를 속이기 위해 표정을 꾸미거나 친구의 험담을 늘어놓지 않는다고 믿고 있었다.

그런 아키라 선생님이 우리 학교를 떠나게 되었을 때 이런 말을 들려주었다.

"사람에게는 좋은 점도 나쁜 점도 있는데, 두 가지 모두 똑같이 중요하단다."

책상 사이를 걸어다니며 우리 반 서른여섯 명의 이름을 하나하나 부르고 좋은 점을 말해주었다.

나는 그 모습을 눈으로만 좇으면서 꼼짝하지 않았다. 긴장해서 어깨가 돌아가지 않았다.

내게 무슨 말을 해주실까……때문이 아니라, 내 앞자리에 앉은 시노가 마음에 걸렸기 때문이다.

'과연 아키라 선생님은 시노의 좋은 점을 찾아낼 수 있을까?'

흘끗 시노의 등을 쳐다본다. 시노가 입고 있는 추리닝에는 어깨, 팔, 소매, 어디를 봐도 작은 보풀이 마른 안개꽃처럼 버슬버슬하게 달려 있다. 그 옷 위로 삐죽 나와 있는 목은 영락없이《토끼와 거북이》에 등장하는 삽화 속 거북이 같다. 번들번들 기름진 머리카락은 목덜미 쪽만 덥수룩하게 자라서 목을 덮고 있다.

시선을 조금 더 아래로 떨어뜨린다. 책상에서 삐져나온 교과서와 공책 사이에 정체를 알 수 없는 검은 덩어리가 끼여 있다. 억지로 껴 넣은 프린트물일지도 모르고, 어쩌면 더 기분 나쁜 '날것'일지도 모른다. 책상 아래, 무릎 위에 예의 바르게 얹어 놓은 시노의 양손이 보인다.

그 모습이 가장 안타까웠다.

선생님의 커다란 몸이 가까워지는 게 느껴졌다. 나는 모든 정신을 집중해 시노의 '좋은 점'을 찾았다. 심장이 벌렁거렸다.

'어떡하지, 아무것도 떠오르지 않아.'

선생님은 이미 두 자리 앞, 아카네 자리 앞에 서 있었다.

"아카네는 귀여워, 웃는 얼굴이 특히 더 귀엽지."

선생님의 목소리가 만족스럽게 울려 퍼진다.

'어떡하지. 시노는 좋은 점이 없어. 단 하나도!'

나는 시노의 등에서 눈을 돌렸다. 동시에 욕실 슬리퍼처럼 생긴 선생님의 신발이 타닥 하고 바닥을 쳤다.

"시노노메는……."

잠시 침묵이 이어졌다. 모든 아이들의 눈이 시노에게로 쏠렸다.

"시노노메는 착해!"

그렇게 말하는 선생님의 목소리가 묘하게 단호했다.

나도 모르게 고개를 들었다. 그리고 마침 내 쪽을 보던 선생님과 눈이 마주치고 말았다. 선생님은 옛 청춘 영화의 스타처럼 씽긋 웃으며 말했다.

"센리도. 센리도 착해."

나는 멍한 표정으로 선생님의 얼굴을 다시 쳐다봤다. 선생님은 내 옆을 성큼성큼 지나갔고, 뒷자리의 남자아이에게 다시 무어라고 말하고 있었다. 내 절망은 알지도 못한 채.

시노는 '남은 급식 빵을 책상 서랍 속에 구겨 넣는 유형'에 딱 들어맞는 남자아이다.

교실 벽에 붙여놓은 '준비물 깜빡이' 스티커의 숫자가 제일 많고, 100미터 달리기에서는 언제나 꼴찌며, 뺄셈은 말할 것도 없고 덧셈도 거의 재앙 수준이다. 볼은 홀쭉하고 아래턱은 삐죽 튀어 나왔으며, 볼에 있어야 할 지방이 모두 눈꺼풀에 쏠린 것처럼 눈만 심하게 뿔룩뿔룩하다. 게다가 사람 얼굴을 흘금흘금 훔쳐보는 버릇이 있다.

이러니 왕따를 피할 수가 없는 것이다. 남자아이들이 지나가다 툭 걸어차면 "하지 마아." 하고 큰 목소리로 우물거린다. 그러면 또 누군가가 "하아—지이—마아." 하고 흉내를 내고, 아이들은 또다시 킥킥거리면서 웃어댄다. 몇몇 여자아이들은 '시노 균'이라고 부르면서 시노가 가까이 가기만 해도 병균이 옮았다며 서로 가져가라고 한바탕 난리를 친다.

시노를 놀리면서 아이들은 재미있다는 듯 깔깔거리며 좋아한다.

시노는 장난감이었다. 언제부터 그랬는지는 모른다. 유치원 때부터 같은 반이었는데, 그때도 시노의 역할은 똑같았다. 학교가 작아서 학년이 올라가도 담임선생님만 바뀔 뿐, 반 친구들은 바뀌지 않는다. 그러니 중학생이 되기 전까지 시노는 계속 아이들의 장난감으로 지내야만 한다.

나는 그런 '장난감 시노'를 볼 때마다 안절부절못했다. 같은 마을에 살고, 아주 어렸을 때 같이 놀았던 기억 때문에 동정심이 생긴 건 아니었다. 시노를 불쌍하다고 생각한 적은 없었다. 아마 시노의 편을 들어줄 수도, 그렇다고 다른 친구들과 한편이 되지도 못하는 어정쩡한 내 자신이 싫었기 때문이리라.

나는 정말로 이도 저도 아니었다. 시노를 장난감처럼 놀리는 모습을 보면 나쁜 짓이라고 생각하지만, 그저 생각만 할 뿐 그런 마음을 행동으로 드러낸 적은 단 한 번도 없었다. 그렇다고 시노를 장난감처럼 대하는 장면을 완전히 모른 척할 수 있느냐 하면 그것도 아니어서, 왠지 시노에게 감정이입이 된 나머지 '제발 그만해!'라고 울컥 소리치고 싶어진다. 특히 그 비통한 새된 목소리를 들으면 볼 주위의 근육이 땅기면서 파르르 떨렸다.

그러나 이것도 아키라 선생님에게 '좋은 점'을 듣기 전까지의 이야기다.

"센리도. 센리도 착해."

악의 없이 한 말이라 더 끔찍했다. 도저히 그 말을 칭찬으로 받아들일 수 없었다.

'내가 시노랑 똑같다고?'

말도 안 된다. 애초에 선생님이 시노에게 '착하다'고 한 것부터가 이상하다. 다른 아이들은 '예쁘다'든가 '조리 있게 발표를 잘한다'처럼 누가 봐도 인정할 만한 점을 칭찬했는데, 시노에게 말한 '착하다'는 그렇지 않다.

분명히 시노에게 아무 장점이 없으니까 착하다는 애매한 칭찬을 할 수밖에 없었던 것이다.

'그래, 그랬던 거야. 확실해!'

하지만 그렇게 따지면 내가 들은 '착하다'는 칭찬도 마찬가지다. 선생님이 나의 좋은 점을 전혀 발견할 수 없었다는 말이 된다.

선생님 말씀이 끝날 때까지 나는 시노의 등을 보지 않으려고 책상 위로 시선을 떨구고 있었다. 여전히 심장이 벌렁거렸다.

'나는 착하지 않아.'

햇살이 비추고 있는데도, 손을 올려놓은 책상이 축축했다. 아니 땀이 밴 내 손이 축축한 것인지도 몰랐다.

그해 봄은 빨리 찾아왔다. 아키라 선생님의 이임식이 끝나고 집으로 돌아가는 길, 거리에는 새순 냄새가 떠돌았다.

나는 늘 그렇듯 아카네, 토오코와 함께 논을 가로지르는 직선도로를 걷고 있었다. 아카네는 왠지 기분이 좋아 보였다. 아카네가 아스팔트가 깔려 있지 않은 길가에서 머윗대와 뱀밥을 발견하고는 쪼그리고 앉았다. 토오코도 "우리 할아버지, 이거 튀긴 거 좋아하시는데." 하며 머윗대를 꺾었다. 나는 거기에 끼고 싶지 않아서 우두커니 서 있었다.

바람이 살랑살랑 불어왔다. 바닷가에서 부는 차가운 바람이 아닌 따스한 남풍이었다.

눈에 보이는 곳은 모두 흙빛이었다. 눈이 녹으면서 본래 모습을 드러낸 산은 아직 녹색을 품고 있지 않았다. 하지만 토오코가 다리 위에 올려놓은 머윗대에서는 씁쓰레한 풀 냄새가 풍겨져

나왔다. 아카네의 하얀 손가락에 묻은 흙도 촉촉하고 말랑해 보였다.

둘 다 너무 풀에만 정신이 팔려 조용하기에 "3학년 담임선생님은 누가 될까?" 하고 내가 먼저 이야기를 꺼냈다.

"체육 선생님은 이제 싫어."

토오코가 뒤를 돌아보며 대답했다.

"벌로 운동장 다섯 바퀴다! 그런 거 안 시키는 선생님이 좋아."

아카네도 땅에 시선을 고정한 채 "찬성!"이라고 맞장구쳤다.

"그리고 말 길게 안 하는 선생님!"

토오코가 불평을 늘어놓자, 아카네는 주위에 있던 뱀밥을 뚝뚝 따며 내 쪽으로 고개를 돌렸다.

"아키라 선생님, 진짜 말 많았어. 시노가 남자애들한테 놀림당할 때마다 한 시간 넘게 설교하고 그랬잖아."

"맞아, 맞아!"

"나는 6학년 마루키 선생님이 됐으면 좋겠어. 재미있잖아."

"난 칸자키 보건 선생님!"

"그건 불가능하지."

한참 담임 정하기에 열을 올리고 있는데, 학교 쪽에서 걸어오는 작은 그림자가 눈에 들어왔다. 외길이라 그런지 꽤 멀리 있는데도 단박에 눈에 띄었다. 우리와 비슷한 체격의 그림자가 등을 구부정하게 말고, 목을 쓰윽 내민 채 흐느적거리며 걷고 있었다.

'저 그림자는……틀림없어.'

"아카네, 토오코."

나는 둘에게 속삭이며(목소리를 낮출 필요가 전혀 없는데도), 길을 걸어오는 아이의 그림자를 가리켰다. 아카네는 그림자의 정체를 알아차리자마자 요란하게 손을 흔들며 흙을 털어냈다. 그러고는 일어서서 그림자 쪽을 힐끗 쳐다보더니 묘한 웃음을 지었다. 커다란 눈동자가 작은 그림자를 뚫어지게 응시했다.

그러는 사이 그림자는 서서히 모습을 드러냈다. 이제는 표정을 읽을 수 있을 만큼 거리가 가까워졌다. 그림자는, 타고났다고 생각될 정도로 몸에 밴 힐끔거리는 눈길로 우리 쪽 눈치를 살피다가도, 사이사이 반대편 쪽을 향해 노골적으로 얼굴을 돌렸다.

시노다!

시노는 우리 마을 끝에 산다. 같은 '마을 어린이회' 소속이긴 하지만, 마을 끝에서 끝이라 우리 집과의 거리는 꽤 멀다. 차라리 다른 마을에 사는 토오코의 집이 훨씬 더 가깝다. 그래도 하교하는 방향이 같아서, 1학년 초에 단체 하교를 해야 했을 때는 같이 가기도 했다. 하지만 자유롭게 하교하게 되면서 시노는 혼자가 되었다. 방향이 같은 남자아이가 네 명쯤 될 텐데, 아무래도 따돌림을 당하는 모양이었다. 우리가 따돌리는 것은 물론이었고.

"이런, 빨리 집에 가야겠다! 누가 쫓아오기 전에!"

아카네가 외쳤다. 산에 부딪혀 메아리가 되어 울릴 만큼 큰 목소리였다. 시노의 가느다란 몸이 움찔하는 게 보였다.

큰 소리로 깔깔 웃으면서 아카네가 뛰기 시작했다.

토오코가 작게 한숨을 내쉬더니 일어섰다. 평소에도 토오코는 아카네의 이런 행동을 마뜩찮게 여기고 있었다. 그래서 이럴 때면 자연스럽게 나와 토오코의 눈이 마주치곤 했다.

하지만 그날 나는 아카네를 따라 뛰기 시작했다.

뒤돌아보니 시노가 기우뚱 두세 걸음 걸으면서 "뭐야아." 하고 소리를 지르던 참이었다. 비음이 섞인 새된 목소리가 기묘하게 귓전을 맴돌았다. 그 소리가 귓속 깊숙한 곳, 뇌 언저리까지 파고 들어 영원히 사라지지 않을 것만 같았다.

새 학기 첫날은 4월을 그대로 빚어놓은 듯 포근했다.

따스한 아침, 나는 새로운 등교 그룹과 함께 천천히 걷고 있었다. 1학년은 이틀 후에야 등교 그룹에 들어올 테고, 매일 내 앞에서 걷던 신지 오빠도 이제는 없었다. 항상 스티커가 다닥다닥 붙은 검은색 책가방을 보면서 갔기 때문에, 등교 그룹의 새로운 반장인 요오코 언니의 깔끔한 빨간색 책가방이 아직 눈에 익지 않았다.

'언니에게 말을 걸어 볼까? 그런데 무슨 말을 해야 하지?' 이런 생각을 하며 걷고 있는데, 아직 셔터가 내려진 상가 끄트머리, 작은 주차장에 책가방을 멘 아이들이 모여 있는 게 눈에 띄었다. 아이들 한가운데에 시노가 쭈그리고 앉아 있었다. 큰 아이부터 작은 아이까지 섞여 있는 걸 보니 등교 그룹인 듯했다.

"무슨 일이야?"

얽히고 싶지 않았는데, 때마침 요오코 언니가 그 아이들을 불렀다. 6학년생이 뒤돌아보며 대답했다.

"새끼 새가 떨어져서……."

"진짜?" 하고 내 뒤에 있던 5학년 남학생 둘이 달려갔다. 뒤따라가려는 나를 요오코 언니가 막았다.

"보지 마."

왜냐고 물으려는 찰나, 무리에 끼어든 5학년생들의 목소리가 한꺼번에 터져 나왔다.

"징그러워!"

"도와줄 수 없으니까."

쪼그려 앉은 시노가 새끼 새를 안고 있는 듯, 두 사람은 시노의 손바닥을 들여다보고 있었다.

시노가 벌떡 일어섰다. 단단해 보이는 손가락이 달걀을 감싸 쥔 것처럼 조심스럽게 모아져 있었다.

"뭐야, 어쩌려고?"

5학년 아이 중 하나가 물었다. 시노는 손바닥에서 시선을 떼지 않고 대답했다.

"데려갈 거야."

"하지 마.", "금방 죽을 거야"라는 상급생들의 목소리가 하나둘 터져 나왔지만, 시노는 아무 말 없이 주차장을 빠져나와 학교로 향하기 시작했다. 그 덕분에 우리는 시노 뒤를 졸졸 따르는 격이 되었다.

교문을 들어서기 직전, 요오코 언니가 나를 돌아보며 말했다.

"그거 알아? 초봄에 떨어진 새끼 새는 털이 없어서 무지 징그러워."

갑작스러운 이야기에 내가 멍하니 있자, 언니가 덧붙여 말했다.

"그리고 새집에서 떨어진 새끼는 더 이상 희망이 없어. 살아나갈 힘이 없다는 거니까."

나는 신발장 주변을 어슬렁거리며 시간을 보내다가 교실로 들어갔다. 시노와 함께 등교한 것처럼 보이는 게 싫었기 때문이다.

아이들은 교실 한곳에 몰려 있었다. 아무것도 붙어 있지 않은 벽, 텅 빈 책장이 놓여 있는 텅 빈 교실에서, 그 무리만 묘하게 활기차 보였다. 창가 구석에서 아이들이 밀고 밀리며 웅성거렸다. 무리 한가운데에서 시노가 입고 있는 어두운 녹색 추리닝이 나타났다 사라졌다 했다.

"어머, 불쌍해라."

"다친 거야?"

"우유 같은 걸 마시지 않을까? 교무실에 가서 달라고 할까?"

시노를 둘러싸고 있는 아이들 중 누구도, 등굣길의 5학년생처럼 징그럽다고 말하지 않았다. 어쩌면 그렇게 징그럽지 않을지도 모른다는 생각이 들었다. 나는 새끼 새가 어떻게 생겼는지 모른다. 기껏해야 병아리 정도로만 상상할 뿐이다.

하지만 딱히 동물을 좋아하는 것도 아니라서, 그냥 무시하고 자리에 앉았다. 나처럼 시노 주위에 가지 않은 아이들이 자리에 듬성듬성 앉아 있었다. 잠시 후 두 자리 앞에 앉는 아카네가 자리에 책가방을 내려놓았다.

"뭐야? 왜 저렇게 몰려 있어?"

어수선한 창가 쪽을 살핀 뒤, 아카네가 나를 쳐다보며 물었다. 나는 책상 안에 새로운 교과서를 집어넣으며 대답했다.

"시노가 학교에 오다가 새끼 새를 주웠대."

아카네는 뜻밖에도 "호오." 하고 관심 있는 듯한 말을 흘렸다.

"새끼 새는 귀엽나?"

"6학년 언니가 징그럽다고 하던데."

그렇게 대답하는데, 무리 반대쪽에서 또 다른 목소리가 들렸다.

"자, 좀 이르지만 모두 자리에 앉자."

마루키 선생님이 들어오고 있었다.

마루키 선생님은 작년에는 6학년 담임을 맡았었다. 문어처럼 생긴 얼굴로 예쁘장한 여자 연예인(어딘지 닮은 것 같기도 하다) 흉내를 잘 내서 아이들에게 인기가 많았다.

"마루키 선생님이 우리 담임선생님이에요?"

"아마도."

교탁 가까이 앉은 아이들이 선생님에게 말을 거는 사이, 창가 쪽 무리가 재빨리 흩어졌다. 시노도 나와 아카네 사이 자리로 돌아와 서둘러 의자를 끌어당겼다.

시노는 자리에 앉기 전, 손 안에 있던 것을 책상 위에 내려놓았다. 그것이 시노의 자리 앞뒤에 앉아 마주 보고 있던 나와 아카네의 눈으로 가차 없이 날아들었다.

"으악."

내가 숨을 헉 하고 삼키는 동안 아카네가 비명을 질렀다. 선생님을 비롯해 교실 안의 모든 눈길이 단박에 우리 쪽으로 쏠렸다.

"야! 그런 거 여기 두면 어떡해, 징그럽게!"

아카네가 눈을 질끈 감은 채로 쏘아붙였다. 책상 위의 새끼 새는 다친 것도, 피를 흘리고 있는 것도 아닌데 똑바로 쳐다볼 수가 없었다. 반장 언니가 말한 대로 새끼 새는 털이 하나도 없었다. 혈관이 그대로 드러난 피부는 불그스름했고, 감긴 눈꺼풀이 커다란 눈알 모양대로 기묘하게 불거져 있었다. 아카네가 외친 말이 내 생각과 정확히 포개졌다.

그러나 정신이 들자마자, 아카네를 보고 있는 친구들의 눈빛이 지독하게 차갑다는 것과 마루키 선생님이 우리 쪽으로 걸어오고 있다는 것을 깨달았다.

'혼날 거야.'

하지만 마루키 선생님은 아카네 옆을 그냥 지나쳤다. 시노의 책상 위를 흘긋 본 다음, 자리에 앉아 있는 시노의 얼굴을 가만히 바라보았다.

"시노노메 마사유키."

가슴에 달린 이름표를 읽은 듯, 마루키 선생님이 시노의 이름을 불렀다.

"오는 길에 주웠니?"

선생님이 묻자 시노는 우등생이라도 된 것처럼 "네." 하고 당차게 대답했다.

선생님은 두세 번 고개를 끄덕이더니, 이번에는 아카네의 얼굴을 들여다보았다.

"사키사카 아카네. 새를 싫어하니?"

교탁을 향해 돌아앉은 아카네는 말없이 고개를 끄덕였다. 대답은 하지 않았다.

"……그렇다 해도 살아 있는 생명체를 '그런 거'라고 하면 안 되지."

화가 난 기색은 없었다. 차분한 말씨로 그렇게 말했을 뿐이다.

수업 시작을 알리는 종소리가 울렸다.

"선생님, 시노가 데려온 새끼 새, 교실에서 키우면 안 돼요?"
하고 누군가가 말을 꺼냈고, 그게 반 전체를 대표하는 의견처럼
되어버렸다. 선생님은 허락해주었다.

새끼 새의 이름을 정하는 동안, 시노의 등은 평소와 다를 바 없
이 구부정한 데도 왠지 즐거운 것처럼 보였다. 조금 전에 "네." 하
고 대답하던 당찬 말투와 함께 몹시 못마땅하게 느껴졌다.

새끼 새는 '초오스케'라는 이름을 얻었고, 한 시간 뒤에는 교실
앞 선반에 마련된 즉석 새집에서 쌔근거리며 자고 있었다. 선생
님이 100엔짜리 플라스틱 바구니를 가져와 푹신하게 휴지를 깔
아서 만든 둥지였다.

개학식이 있는 날은, 식이 끝난 후 교실 청소만 하면 집에 갈
수 있었다.

우리 줄은 첫날부터 청소 당번에 걸렸다. 시노는 걸레질을 하
면서 이따금 새집을 들여다보며 "초오스케." 하고 조용히 읊조렸
다. 그 모습을 볼 때마다 짜증이 일었다.

"시노, 농땡이 부리지 마."

바닥 쓸던 걸 멈추고 한소리 하면, 시노는 다시 꾸물꾸물 책상
을 닦기 시작했다. 하지만 자주 멈춰 서서 새집을 보며 웃었다.
시노가 히쭉 웃을 때, 앞니가 다람쥐처럼 툭 튀어나오는 게 또 신
경에 거슬렸다.

오랫동안 함께 생활해온 같은 반 친구임에도 불구하고 그날은 시노가 하는 모든 행동과 생김새, 말투에 이르기까지 하나부터 열까지 다 마음에 들지 않았다. 시노를 발로 차고 놀리던 남자아이들의 마음을 알 것 같았다. 하지만 오늘은 한 명도 시노를 발로 차지 않았다. 욕 한마디 들리지 않았다.

'새끼 새 때문이야.'

징그러운 생김새가 떠오를 때마다 소름이 끼쳤다. 휴지 뭉치 덕분에 일부러 바구니 안을 들여다보지 않으면 눈에 띄지 않는 게 그나마 다행이었다. 멀리서 째려보는 정도로는 맨 몸뚱어리의 벗겨진 살갗은 보이지 않았다.

애당초 그 모습을 귀엽다고 생각하는 아이들이 이상하다. 평소에는 자기보다 약한 아이를 아무렇지도 않게 괴롭히는 주제에, 인간도 아닌 '약한 존재'를 동정하다니 이해할 수가 없다. 이런 말도 안 되는 상황에 또다시 짜증이 일었다.

문득 아카네를 쳐다봤다. 아카네는 말없이 책상을 옮기고 있었다. 보통 때는 입을 놀리지 않으면 청소를 못할 것처럼 재잘거리는데 오늘은 조용했다.

그래서 그런지 청소는 빨리 끝났다. 쓰레기를 쓸어 모으는 동안, 시노는 걸레를 든 채 안절부절못하며 다리를 떨고 있었다. 연신 곁눈질로 새집을 흘끔거렸다.

나는 쓰레받기를 든 채 허리를 숙이고 있는 아카네에게 큰 소리로 말을 걸었다.

"아카네, 어떤 새가 새집에서 떨어지는지 알아?"

아카네는 내 의도를 모르겠다는 듯 "글쎄……." 하고 고개를 갸우뚱했다.

"살아 있어도 날지 못하는 새끼만 떨어진대."

교실 바닥의 쓰레기를 조심스럽게 쓰레받기에 밀어 넣으며 내가 말했다. '날지 못한다'는 말은 내가 마음대로 덧붙인 것이다.

무슨 반응이라도 보일 거라고 생각했는데, 시노는 옆에 우두커니 서 있기만 했다.

아카네는 "으응." 하고 건성으로 대답할 뿐이었다. '시노한테까지 안 들렸나?' 하고 고개를 드는데, 그곳에 그 비굴한 치뜬 눈이 있었다.

평소와 달리 시노의 눈동자는 컴컴한 동굴 같았다. 만약 새끼 새가 눈을 뜬다면 이런 느낌이 아닐까 싶은 묘한 번뜩임이 느껴졌다. 그 순간, 써늘한 냉기가 내 등줄기를 훑고 지나갔다.

새끼 새는 아무것도 먹지 못하고 마시지 못한 탓에, 다음날 죽고 말았다.

1학년 신입생들의 입학식이 끝난 후, 우리 반은 줄지어 학교 동쪽 둑을 걸었다. 새끼 새를 묻어 주기 위해서였다.

산에서 내려오는 시냇물이 봄 햇살을 받아 반짝반짝 부서졌다.

둑 한쪽에 작은 제비꽃이 피어 있었고, 그 사이를 메우듯 쇠뜨기 꽃과 싱싱한 줄기들이 자라 있었다. 평화로운 봄 풍경과 '침통한 표정'의 초등학생 무리는 전혀 어울리지 않는다고 생각했다.

맨 앞에 마루키 선생님이, 가운데에 시노가 서 있는 장례 행렬은 침묵 속에서 앞으로 앞으로 나아갔다. 나는 아카네, 토오코와 함께 줄 끝에서 걸었다.

작은 돌다리 밑에 도착하자 선생님이 "여기로 할까." 하더니 멈춰 섰다. 다섯 명이 작은 삽으로 무덤 자리를 팠고, 그 주변을 아이들이 둥글게 에워쌌다. 대충 준비가 되자, 시노가 앞으로 나가 구덩이 속에 양손을 내려놓았다. 승강기처럼 수직으로 천천히, 천천히!

'새끼 새는 무엇을 위해 태어났던 것일까?'

묻고 싶었다. 옆에서 고개를 숙이고 있는 아카네에게, 구덩이 속을 바라보며 굳어 있는 시노에게, 그 모습을 뒤에서 지켜보는 마루키 선생님에게, 방금 코를 훌쩍인 그 누군가에게.

하지만 그런 질문은 차마 입에 올릴 수가 없었다. 계속되는 침묵이 답답해 하늘을 올려다보았다. 마침 참새 떼가 우리 머리 위를 가로지르고 있었다.

'분명 자기 형제를 둥지에서 밀어내고 살아남은 참새들일 거야.'

그 다음 주에 시노는 다시 아이들의 장난감이 되었다. 새끼 새 사건은 처음부터 없었던 것처럼.

기운을 되찾은 아카네도 "나, 이제 이 자리 싫어. 뒤쪽 공기가 탁하단 말이야." 하며 변함없이 톡 쏘아붙였다.

시노는 한때 화제의 중심에 있었다는 것 자체를 잊은 듯 또다시 기어들어가는 소리를 내며 아이들에게 발길질을 당하고 있었다.

마루키 선생님의 허락 하에 우리는 자리를 바꿨다. 나는 맨 앞줄로 옮겼다. 더 이상 보풀로 뒤덮인 추리닝을 보지 않아도 되었다. 한때 새의 둥지였던 플라스틱 바구니가 여전히 선반에 놓여 있었지만, 그 안의 내용물은 선생님의 셀로판테이프와 자석 등으로 바뀌어 있었다. 새끼 새를 감싸고 있던 휴지는 흔적도 없이 사라졌다.

화창한 날이 이어지던 어느 토요일 밤, 불자동차의 사이렌 소리가 요란하게 울렸다.

이 작은 마을에서 화재가 발생하는 일은 일 년에 한 번도 안 되기 때문에, 사람들 모두 집 밖으로 나와 연기가 피어오르는 곳을 쳐다보고 있었다. 나도 집 앞 가족들 틈에 끼어 자갈길 저편의 산 쪽을 뚫어져라 바라보았다. 검은 연기가 밤하늘로 뭉게뭉게 피어올랐고, 머리 위로 시커먼 재가 날아다녔다.

"시노노메네 집이래!"

맞은편에 사는 할아버지가 연기가 나는 쪽에서 달려오며 소리 쳤다.

엄마가 당황한 목소리로 "괜찮아, 별일 없을 거야." 하고 위로 의 말을 건넸지만, 나는 솔직히 시노를 걱정하지 않았다. 재가 춤 추듯 흘러가는 것을 보며 귓가를 때리는 사이렌의 윙윙거리는 소 리를 그저 느끼고 있을 뿐이었다.

'아키라 선생님은 거짓말쟁이야.'

"모두가 똑같이 소중해."

누구에게 소중하다는 걸까. '누구에게'가 아니라 그냥 막연하 게 소중한 거라면, 대체 왜 시노만 이런 일을 당해야 하는 걸까. 친구들에게 끊임없이 놀림당하고, 나한테까지 빈정거리는 소리 를 듣고, 집은 불타고……

봄날의 밤치고 지나치게 텁텁한 공기가 몸을 휘감고 지나갔다. 불꽃은 길가에 늘어서 있는 집들의 그림자 가장 안쪽에서 타오르 고 있었다. 내 쪽에서는 불길의 꼬리밖에 보이지 않는 작은 불이 었지만, 바로 앞에서 보고 있을 시노의 눈에는 포효하는 괴물처 럼 보일 화염이었다.

지금 이 순간, 타들어가는 집을 지켜보는 시노의 기분을 상상 해보려고 했다. 하지만 그만뒀다. 나는 정말로 지쳐 있었다.

그래서 엉겁결에 그냥 이대로 시노를 영영 보지 않았으면 좋겠다고 생각하고 말았다.

　시노네 가족들은 모두 무사했다. 하지만 집이 깡그리 타버렸기 때문에 옆 마을의 공동 주택으로 이사를 가야 했다.

　시노는 월요일부터 학교에 나오지 않았다. 전학을 가게 되었다는 말을 선생님에게서 전해 들었을 뿐이다. 새끼 새가 죽었을 때처럼 침통한 표정으로 침묵하는 아이들은 없었다. 쉬는 시간의 분위기는 평소와 다를 바 없었다.

　나는 아카네, 토오코와 함께 고무줄넘기를 했다. 체육관 구석의 비상구 옆에 자리를 잡고서. 우리는 햇빛이 네모난 문 모양으로 비춰드는 그곳을 좋아했다.

　아카네가 폴짝 뛰었다. 나는 양지에 탈싹 주저앉아 그 모습을 지켜봤다. 고무줄을 발부리에 걸고 훌쩍, 발꿈치에 걸고 폴짝! 아카네가 뛸 때마다 긴 머리카락이 봄 햇살 아래에서 찰랑찰랑 춤을 췄다.

　순간 새가 지저귀는 소리를 들은 것 같아 뒤를 돌아다봤다. 하지만 비상구에서 바라본 교정에는 풀썩풀썩 모래 먼지를 일으키며 축구를 하고 있는 고학년 오빠들만 있을 뿐이었다.

　'잘못 들었나?'

　"다음! 센리 차례야."

　"으, 응."

토오코가 부르는 소리에 뒤를 돌아보았는데, 순간적으로 체육관이 어슴푸레해 보였다. 햇빛 가득한 교정을 바라본 뒤라 그랬을 것이다.

"얼른." 하고 재촉하는 바람에 아직 눈이 침침한 상태에서 뛰었더니 바닥에 떨어지는 발끝이 어색하게 느껴졌다. 이어 쾅당하는 소리에 나도 깜짝 놀랐다.

나는 앞으로 고꾸라지면서 코를 바닥에 박았다. 뒤에서는 팬티가 다 보였을 것이다.

"센리, 완전 웃겨!"

아카네가 큰 소리로 웃음을 터뜨렸다. 그 소리에 이끌린 듯, 우리 셋의 시선이 마주쳤다. 쓴웃음이 나왔다. 나는 짓찧은 무릎을 감싸 안으며 아이들을 향해 웃어 보였다. 앞니가 드러나 멍청해 보이지 않도록 조심하면서.

'나는 착하지 않아.'

언제나 도망치고 싶었다. 견딜 수 없을 만큼 초라한 시노의 모습, 시노를 놀려대는 아이들의 목소리, 그 비웃음에 겁먹은 나의 나약함. 그 모든 것으로부터 도망치고 싶었다.

시노가 사라졌으니 더 이상 그런 감정들이 나를 덮치지는 않을 것이다. 그래서 진심으로 마음이 놓였다.

'어서 빨리 이 모든 걸 잊어버리게 해주세요.'

억지웃음을 지으며 몰래 빌었다. 시노와 얽힌 일들이 더 이상 생각나지 않을 때, 나는 날 수 있는 새끼 새가 되어 있을 것이다.

하지만 빌면 빌수록 순식간에 머릿속에 박혀버린 새끼 새의 붉은 살갗이 자꾸만 떠올랐다.

새끼 새가 감은 눈을 천천히 뜬다. 그것은 컴컴한 동굴, 시노의 눈이다.

오월의 충치

"쯔쯔쯔 심하게 썩었어!"

늙은 낙타를 닮은 보건실 할아버지 선생님이 내 이를 보고 내뱉은 첫 마디에 나는 역시나 절망했다. 오월만 되면 어김없이 찾아오는 절망, 구강 검진이다.

차가운 은색 막대기가 입속으로 파고들었다.

"C1, C2, C2······역시 C3로군."

낙타 할아버지는 윗니부터 차례대로 확인하면서 중얼거렸다. 은색 막대기가 이에 부딪힐 때마다 '턱턱' 하고 둔탁한 소리가 났다. 예전에는 암호나 주문처럼 들리던 선생님의 혼잣말도 4학년쯤 되니까 어떤 뜻인지 어렴풋이 감이 왔다. 'C'는 충치를 가리키고, 그 뒤에 붙은 1부터 4까지의 숫자는 썩은 정도, '인레이'는 충치를 치료한 치아를 가리키는 것 같다. 할아버지가 회색 턱수염을 쓰다듬으며 "음······ C4"라고 했을 때 나는 깊은 절망의 바닥으로 굴러 떨어졌다.

"오하라 센리, 치과에 꼭 가보도록 해요."

마지막에 거듭 확인까지 하는 낙타 할아버지에게 나는 "감사합니다." 인사를 하고 바로 뒤로 돌아섰다. 사실은 전혀 감사하지 않다고 생각하며 얼굴을 찡그리는데, 마침 다른 줄(이 줄은 젊은 의사 선생님이 검진하고 있다)에서 검진을 마치고 나오는 토못페랑 마주쳤다.

"센리는 이번에도 충치 대장? 난 올해도 완벽하지롱."

까불대는 토못페는 기회만 있으면 아무나 붙잡고 말을 늘어놓는다. 친하지도 않은데 서슴없이 얼굴을 들이미는 것이다. 지금도 내 옆에서 엄청 신이 난 듯 보조개가 푹 패도록 웃고 있다.

"올해 〈보건 소식〉 인터뷰 때는 뭐라고 말해야 할까, 헤헤헤."

그렇게 말하는 토못페의 입에서 오래 묵은 카레 냄새가 났다. 이를 닦지 않은 게 확실하다.

"네가 충치가 하나도 없다니, 어떻게 그럴 수 있지?"

불공평하다고 투덜거리려 했지만, 토못페는 곧바로 "이구치, 충치 몇 개야?" 하고 다른 남자아이를 향해 달려갔다.

나는 몸서리를 치며 평소보다 소독 냄새가 강하게 풍겨 나오는 보건실에서 탈출했다.

내일 당장 검진 결과가 나올 것이다. 충치가 없는 아이는 연한 파란색 종이를, 충치가 있는 아이는 연한 핑크색 종이를 받는다. 그 종이를 엄마에게 보여주면, 올해도 끔찍한 치과 병원 순례가 시작될 것이다.

두 건물을 잇는 구름다리의 리놀륨 바닥이 넘치는 오월의 햇살을 받아 반짝반짝하게 빛났다. 맑디맑은 오월. 하지만 내게 오월은 통증의 계절이다.

저녁을 먹고 설거지가 마무리되었을 때쯤, 나는 책가방에서 핑크색 종이를 꺼내 엄마에게 내밀었다. 엄마는 앞치마를 벗으면서 "아, 으음." 하고 기운 빠진 소리를 내더니 종이를 보며 크게 한숨을 내쉬었다.

"센, 자기 전에 이 제대로 닦았어?"

"응. 제대로 닦고 있어."

나는 최대한 또박또박 대답했다. 텔레비전이나 만화를 '보면서' 이를 닦았다는 걸 들키지 않게! 하지만 엄마는 "거울 보면서 안 닦았지?" 하며 귀신같이 캐물었다.

내가 바짝 긴장하며 혼날 준비를 하고 있는데, 엄마가 팔짱을 긴 채 한참 동안 뭔가를 골똘히 생각하더니 갑자기 내 눈을 보면서, 누가 봐도 억지웃음인 게 티 나는 미소를 지으며 이렇게 말했다.

"우리 센리도 이제 4학년이니까, 치과에 혼자……."

"싫어!"

나는 끝까지 듣지도 않고 말을 잘랐다. 내 머릿속에 '사키야마 치과'의 갈색 유리문이 퍼뜩 떠올랐다. 안 그래도 무시무시한 치과인데, 안이 안 보이는 불투명한 유리로 문을 만들다니, 정말 이상한 곳이다. 하지만 희한하게도, 톡 쏘는 치과 특유의 냄새는 묵직한 문틈 사이를 비집고 새어 나와 코를 찔러대곤 했고, 그때마다 가슴은 괜히 더 울렁거렸다. 평소에는 앞장선 할머니가 문을 열어주니까 어쩔 수 없이 들어가지만, 만약 같이 갈 사람이 없다면 나는 영원히 그 문을 열지 못할 것이다. 해가 질 때까지 꼼짝 않고 서 있을 것만 같았다.

대기실도 싫다. 어른들이 보는 주간지와 아주 어린애들이나 볼 법한 그림 동화책밖에 없는 책장, 얼룩진 소파. 어딘지 차가운 느낌이 드는 높다란 접수대도 마음에 안 든다. 하지만 가장 싫은 건, 친하지도 않은 같은 학교 아이와 마주치는 것이다. 무슨 얘기라도 해야 하나, 하지만 할 말이 하나도 없는걸, 끊임없이 이런 생각을 곱씹게 되는 게 싫다. 나는 그 애들과 눈이 마주치지 않도록 항상 할머니 뒤로 숨었다. 진료실에서 끊임없이 들려오는 윙윙거리는 기계 소리에 몸은 더욱더 굳어졌다.

"할머니랑 갈 거야!"

내가 선언하듯 외치자 엄마가 다시 한숨을 쉬었다.

"하지만 할머니 요즘, 다리가 많이 편찮으시잖아. 치과는 너무 멀고."

나는 움찔했다. 엄마 말이 맞다. 작년에도 치과를 오갈 때 할머니는 종종 쉬었다 가자며 주저앉곤 했다. 채소 가게 안이나 과자 가게 앞 벤치, 여러 상가에 의지하면서 가까스로 갔다 왔다.

내가 어깨를 축 늘어뜨리자, 엄마가 얼굴을 들이밀고 속삭이듯 말했다.

"다른 동네로 가볼까?"

생각지도 못한 제안이었다. "응?" 하고 고개를 들자, 엄마가 말을 이었다.

"뉴타운 쪽에 새로 치과가 생겼잖아. 거긴 휴일 진료한다니까, 일요일에 차로 데려다줄게."

일 년 전쯤 우리 마을에서 약간 떨어진 곳에 벽 색깔이 화려한 집들이 많이 들어섰다. 그 알록달록 집들 사이로 '오기 덴탈 클리닉'이라는 간판이 보였다. 국도에서 보이는 치과 건물은 다른 집들과 마찬가지로 파스텔 색상에 앙증맞은 삼각 지붕을 달고 있었다. 병원 옆에는 놀이터가 있는 작은 공원까지 있었다.

하지만 파스텔 건물들은 나와는 상관없는 것이라고 생각했다.

내가 사는 집, 내가 다니는 학교와 치과는 모두 우리 마을의 낡은 건물이어야만 한다고 꼭 정해진 규칙처럼 생각했다.

"정말로?"

치과를 가라는 소리인데, 나도 모르게 혹하고 말았다.

"그럼 정말이지."

엄마는 치과에 가겠다는 소리에 안심했는지 방긋 웃으며 대답했다.

"얘기 나온 김에 내일 가자."

"뭐라고?!"

너무 갑작스럽다고 생각했지만, 엄마는 부엌 구석에 앞치마를 건 뒤 핑크색 종이를 팔랑이며 계단을 올라가 버렸다. 내가 반항할 틈도 주지 않은 채.

혼자 남겨진 나는 입을 다물고서 혀로 왼쪽 어금니를 더듬어보았다. 'C4'를 받은, 왼편 아래쪽 중간 이에 마치 맨홀처럼 구멍이 뻥 뚫려 있었다.

'파스텔 치과라면 마법처럼 간단히 충치를 낫게 해줄 거야.'

삼각 지붕의 치과는 건물 내부도 여자아이의 장난감 상자처럼 꾸며져 있었다. 대기실로 들어서는 순간, 두 줄로 나란히 놓여 있는 소파가 눈에 확 들어왔다. 그 위에 분홍색과 회색, 엷은 녹색 쿠션이 조화롭게 놓여 있었다. 벽지는 크림색이었는데, 자세히 보니 하얀 바탕에 크림색 꽃무늬가 그려져 있었다. 방 안쪽에 나뭇결이 곧은 책장이 있고, 페이지가 마구 접힌 주간지 대신 책등이 빳빳한 그림책과 만화책이 꽂혀 있었다. 자연스럽게 책장에 눈길이 머물렀다.

"우와, 정말 예쁘다. 일본 아닌 것 같아."

옆에서 초진 문진표를 채우고 있던 엄마의 소매를 잡아당기며 이렇게 말하자 "호호." 하는 가벼운 웃음소리가 돌아왔다. 태어나고 자란 마을 밖으로는 나가 본 적 없는 내가 '일본'이라고 콕 집어서 말하는 게 재미있었던 모양이다.

엄마는 문진표를 접수대에 낸 다음, 나와 눈높이를 맞추며 허리를 숙였다. 순간 불안한 예감이 머릿속을 스쳤다.

"그럼 엄마는 아빠랑 장 보고 올게."

"뭐?"

내가 싫다며 반항하는 것을 엄마는 가볍게 무시했다.

"센리, 벌써 4학년이잖아. 주위를 둘러봐. 센리보다 훨씬 어린 아이들도 많잖아?"

그러고는 내 손에 억지로 2,000엔을 쥐어주었다. 실제로 대기실에 얌전히 앉아 있는 너덧 명의 아이들은 대부분 혼자였다. 아빠로 보이는 아저씨와 함께 그림책을 읽고 있는 아이가 한 명 있었지만, 누가 봐도 어린 저학년이었다.

"괜찮다니까. 치료 끝나면 옆에 있는 공원에서 놀고 있으렴."

엄마는 내 머리를 두 번 톡톡 치더니, 재빨리 문을 열고 나가버렸다.

나는 울음을 터뜨릴 타이밍을 놓치고 말았다.

'정말 너무해. 나만 놓고 가버렸어!'

예쁘게만 보이던 파스텔 색 소파가 갑자기 낯설게 느껴졌다. 엉덩이 주변이 어색하게 느껴져서 다리를 반대쪽으로 꼬아보았다. 진료실에서 나온 아이가 옆에 앉더니 내 쪽을 힐끗 쳐다봤다. 처음 보는 얼굴이라는 듯 새침한 표정을 짓는 그 아이가 능수능란하게 시선을 피했다. 짧은 청치마와 파카를 걸친 차림새가 그럴 듯했다. 작은 어른 같다고 생각하면서, '추리닝'이라고밖에 부를 수 없는 내 쥐색 바지가 부끄러워 슬쩍 고개를 숙였다.

'그냥 우리 마을 치과에 갈 걸 그랬어.'

그 순간 접수대 언니가 내 이름을 불렀고, 나는 불편한 마음에서 벗어날 수 있었다.

하지만 그것도 잠시, 숨을 크게 한번 쉬고 진료실 문을 여는 순간 그 자리에 눈사람처럼 얼어붙고 말았다. 눈앞에 귀밑털을 덥수룩하게 기른 남자가 무섭게 서 있었기 때문이다. 마스크와 모자 사이로 무지막지하게 큰 눈과 짙은 눈썹이 보였다. 수술용 장갑을 낀 양손을 옆으로 덜렁 늘어뜨리고 서 있는 그 사람이 '원장 선생님'인 게 분명했다.

"안녕! 오하라 센리 맞지?"

내가 진찰대에 앉자, 털북숭이 선생님도 옆 의자에 앉았다. 마스크 속에서 들려오는 우물거리는 말소리는 발음이 정확한데도, 겨울잠에서 억지로 깨어나 기분이 언짢은 곰을 떠올리게 했다.

"안녕하세요." 하고 대답을 하긴 했지만, 목소리는 모기소리 만 했다.

선생님은 내 진료 카드(학교에서 받은 핑크색 종이가 클립으로 끼워져 있었다)를 보면서 "응, 응, 응." 하고 고개를 끄덕이더니 부리부리한 눈을 내 쪽으로 휙 돌렸다.

"큰 충치가 하나 있지? 아주 심하게 상한 충치."

내가 입을 벌리자, 선생님이 "이거, 이거." 하며 은색 막대기로 이를 쳤다. 그러고는 왼쪽 아래, 구멍이 생긴 이를 톡톡 치면서 흘리듯이 말했다.

"이거 오늘 뽑자."

"네?"

'말도 안 돼! 첫날부터 이를 뽑는다고!'

'사키야마 치과'에 가면 첫 진료 때는 검사를 하고 엑스레이만 찍으면 끝난다. 하지만 털북숭이 선생님은 내 의견은 안중에도 없다는 듯 거침없이 말하기 시작했다.

"먼 데서 오니까 일요일밖에 시간이 없잖아. 다음 주까지 기다리면 이가 아프기 시작할 거야. 지금도 안 아픈 게 이상할 정도니까. 어차피 젖니니까 그냥 뽑자, 알았지."

자상함이 전혀 묻어 나지 않는 '알았지'였다. '이미 결정된 사항!'이라고 선포하는 느낌이었다.

나는 거부하지 못하고, 도마 위의 잉어처럼 진찰대에 빳빳이 굳은 채로 앉아 있었다. '위이잉' 의외로 고풍스러운 소리를 내며 등받이가 뒤로 넘어갔다. 옆에 서 있던 간호사 언니가 손을 뻗어 라이트를 움직이자, 새하얀 빛이 내 미간을 찔러댔다.

15분 뒤, 나는 공원 정글짐 위에 앉아 있었다.

 철 맛이 느껴졌다. 하지만 공원의 놀이터는 파스텔 색의 건물 내부와 마찬가지로 딱딱한 플라스틱으로 만든 현대식이라 정글짐에서조차 철 냄새는 나지 않았다. 그것은 내 입안에서 나는 피 냄새였다.

 선생님은 뽑은 치아 자리에 거즈를 넣고 한동안 물고 있으라고 했다. 어금니도 아니고 앞니도 아닌 어정쩡한 부위에 거즈를 물고 있는 내 모습은 엄청나게 우스꽝스러울 게 뻔했다. 생각만큼 바보 같아 보이지 않는다 해도, 마취를 한 곳이 저릿한 게 부자연스럽게 부풀어 오른 것 같아서 얼굴을 내보이고 싶지 않았다. 모처럼 공원에 왔는데도 미끄럼틀도 그네도 탈 수 없었다.

 뒤에서 여자아이들의 요란한 웃음소리가 들렸다. 살짝 고개를 돌려보니 대기실에서 봤던 청치마를 입은 여자아이가 보였다. 이 근방에 사는 것일 수도 있고, 아니면 나처럼 다른 동네에서 차를 타고 와서 부모님이 오기를 기다리고 있는 것인지도 모른다.

 너무 오래 물고 있던 탓에, 침을 양껏 빨아들인 거즈가 볼품없이 굳어 있었다. 아까부터 계속 도로 쪽을 보고 있었지만, 엄마 아빠가 탄 흰색 코롤라는 보이지 않았다.

 그때 갑자기 밑에서 인기척이 느껴졌다. 몸을 조금 비틀어 내려다보니, 내 또래의 여자아이가 혼자 정글짐을 오르고 있었다. 상큼한 오렌지색의 정글짐 속을 작은 열대어처럼 획획 빠져나갔다.

눈 깜짝할 사이에 그 아이가 정상에 얼굴을 디밀었다. 곱슬머리처럼 푹신푹신하게 부푼 짧은 머리가 강한 바람에 흩날렸다. 정면으로 눈이 마주치는 바람에, 나도 모르게 얼굴을 돌리고 말았다. 아까 대기실에서 너무도 쉽게 나를 시야에서 밀어냈던 여자아이가 떠올랐다. 하지만 눈앞의 이 아이는 나를 외면하지 않았다.

"너도 치과?"

정글짐 가운데에서 목소리가 날아왔다. 내가 다시 고개를 돌려 끄덕이자, 여자아이가 "나도." 하면서 봉을 잡고 건너왔다. 금방 옆 칸으로 오더니, 내 옆에 나란히 앉았다.

"아프지? 치과는 싫어, 진짜로."

친근하게 말을 걸어왔다. 나란히 앉자, 나보다 훨씬 거무스름한 팔이 제일 먼저 눈에 들어왔다. 운동을 무지 좋아하는가보다! 색이 조금 바랜 세일러 칼라 반팔 셔츠와 감색 치마바지를 입은 모습도 꼭 그렇게 보였다.

여자아이는 내가 거즈를 꽉 물고 있는 부분을 가리키며 웃었다.

"그거 이제 그만 빼도 되지 않아? 아까부터 계속 물고 있었잖아."

'그럴까' 하고 대답하려다가 그만 어중간하게 입이 벌어지고 말았다. 더 우스운 꼴이 됐는지, 까무잡잡한 그 아이가 이를 드러내 보이며 웃었다. 한순간이지만 누렇고 삐뚤삐뚤한 이가 보였다. 치과에 다닐 만했다.

거즈를 뺄까, 빼서 어떻게 할까, 내가 뭉그적거리며 고민하는 사이에, 옆에 앉은 여자아이가 재잘거리기 시작했다.

"싫긴 하지만, 치과에 안 가면 이가 예뻐지지 않잖아? 난 아이돌이 꿈이거든. 연예인은 예쁜 이가 생명이래."

거기까지 말하고 나서, 내가 맞장구를 치지 않는 걸 깨닫고는 반쯤 벌어진 내 입에서 거즈를 쏙 빼냈다.

나는 소스라치게 놀랐다. 남의 침이 묻은 거즈를 맨손으로 집다니!

그 애는 거즈를 땅에 탁 내던지더니 '식은 죽 먹기지'라는 표정으로 씩 웃었다. 그리고 다시 말하기 시작했다.

"우리 엄마, 외국에서 온 가수야."

"뭐?!"

거즈를 물고 있을 때 소리 내지 못한 만큼, 나는 최대한 입을 벌리고 큰 소리로 대꾸했다. 이런 시골에, 논과 바다와 산밖에 없는 곳에, 설마 외국 가수의 딸이 살고 있으리라고는!

하지만 그 아이의 말은 진짜 같았다. 커다랗고 눈매가 뚜렷한 눈과 도톰한 입술은 확실히 처음 접하는 생김새였다. 친구 집에서 봤던 검은 머리의 바비 인형을 닮은 것 같기도 했다.

그 애는 자신의 주장을 한층 강조하려는 듯, 반소매를 걷어 안쪽 팔뚝을 내밀어 보였다.

　　"피부색이 다르지? 탄 게 아니라, 원래 이래."

　　"아아……."

　　나는 파스텔 색 소파를 봤을 때처럼 달뜬 기분으로 여자아이의 팔을 내려다봤다. 너무 빤히 쳐다보고 있었던지 "만져 봐"라는 말까지 들었다. 신형 무선 조종기를 뽐내는 남자아이처럼 자랑스러운 말투였다. 감촉이 다를 리 없다고 생각하면서도, 나는 못 이긴 척 그 아이의 팔뚝을 주물러봤다. "하하하." 천진난만한 웃음소리가 울려 퍼졌다.

　　"너 참 재미있구나."

　　그 애가 말했다. '딱히 재미있지도 없지도 않은데'라고 생각했지만, 그 아이가 환하게 웃어주니까 나도 기분이 한결 좋아졌다.

　　"어디 초등학교? 이름이 뭐야?"

　　"학교는 야마키타. 이름은 오하라 센리."

　　아이는 확인하듯 "센리?" 하고 되물었다.

　　아무 호칭 없이 이름으로만 불리는 경우가 드물었기 때문에, 괜히 간질간질한 기분이 들었다. 그 애는 내가 묻기도 전에 알아서 자기소개를 했다.

　　"나는 히라타히가시 초등학교의 키타노 아자미. '아자미'는 한자 없이 써."

"아자미?"

그때 나는 불러본 적 없는 이름을 처음 소리 내 부를 때 가슴이 콩닥거린다는 것을 알게 되었다. 반 친구들은 유치원 때부터 지금까지 늘 함께 다니고 같이 지냈기 때문에 자기소개 같은 걸 따로 한 적이 없었다. "아자미라고 불러"라는 그 애의 말에 가슴이 한층 더 쿵덕쿵덕 뛰었다.

아자미는 엄마 이야기를 하기 시작했다.

엄마는 필리핀이라는 나라에서 일본으로 건너와 한동안 '도쿄'에서 살았는데, 그때 마침 도쿄로 돈벌이를 하러 온 아빠를 만나서 이 마을로 시집을 왔다는 이야기였다. 나는 외국에 대해 알고 싶었지만, 아자미는 주로 도쿄에 대해서 말했다.

"도쿄는 있잖아, 엄청나게 신나는 곳이래. 여기보다 훨씬 색이 다양하고, 사람들도 다 친절하대."

아자미가 말하는 도쿄는 내가 생각하는 도쿄와 많이 달랐다.

"색이 다양하다는 게 무슨 소리야?"

내가 고개를 갸우뚱하며 묻자, 아자미는 주위를 둘러보며 당연하다는 듯 말했다.

"여기는 색이 적잖아. 겨울에는 온통 잿빛이고."

그런 생각을 해본 적은 없었다. 듣고 보니, 아직 물을 채우지 않은 논은 갈아엎은 지 얼마 되지 않은 터라 시커멨다. 둘레를 에워싸고 있는 산은 새싹 빛이 아주 조금 엿보이는 정도일 뿐 거의

흙과 나뭇가지의 칙칙한 색들뿐이었다. 공교롭게도 하늘까지 잔뜩 흐렸다. 파스텔 색상의 뉴타운은 시골 풍경 어디에도 녹아들지 못하고 있었다. 도쿄라면 파스텔 색 집들이 자연스럽게 녹아드는 장소가 있을까?

내가 멍하니 논을 바라보고 있자, 아자미가 빙그르르 몸을 돌렸다. "얏!" 하고 작은 소리를 내더니 정글짐 끝에 두 다리를 걸치고 그대로 몸을 뒤로 젖혀서 대롱대롱 매달렸다. 나는 깜짝 놀라 "워어." 하는 이상한 소리를 내고 말았다.

아래를 내려다보다가 아자미의 작은 배꼽과 마주쳤다. 셔츠 깃이 팔랑거렸고, 배가 벌렁 드러났다.

"위험해, 아자미."

내가 소리를 지르자, 아자미는 "괜찮아, 괜찮아." 하며 거꾸로 매달린 채로 손뼉까지 쳤다.

"아아, 빨랑 도쿄에 가고 싶다아."

아자미의 외침은 거꾸로 매달린 탓인지 소리가 조금 울렸다. 나는 몸을 앞으로 쑥 내밀고 아자미의 얼굴을 내려다봤다. 그때 저만치서 다가오는 하얀 차가 눈에 들어왔다.

"우리 차다."

시내로 이어지는 국도에서 뉴타운의 좁은 길로 차가 한 대 들어서고 있었다. 23-17, '2 곱하기 3 더하기 1은 7'이라고 외운 번호판이 보였다. 아자미가 매달린 채로 팔을 뻗어 "저거?" 하고 손가락으로 가리켰다. 내가 고개를 끄덕이자, 아자미가 그 손을 그대로 내 쪽으로 뻗었다.

"센리, 잡아줘."

나는 몸을 내밀어서 아자미의 손을 당겼다. 축축하면서도 꺼슬꺼슬한 느낌이 드는 손이었다.

아자미는 다시 "얏!" 하고 배에 힘을 주며 몸을 일으키더니, 내 눈을 마주보며 물었다.

"다음 주에도 와?"

"응."

나는 망설임 없이 대답했다. 이미 진찰카드 예약란에 다음 주 일요일 날짜가 선명하게 적혀 있었으니까.

"충치가 엄청 많거든. 아마 7월까지는 다녀야 할걸."

내가 이렇게 말하자 아자미는 까무잡잡한 뺨을 빛내며 씽긋 웃었다. 그때 하얀색 차가 경적을 울렸다.

"그럼, 또 봐."

나는 정글짐을 타고 내려가 땅에 발을 디뎠다. 아자미가 위에서 손을 흔들었다. 아자미의 손바닥은 다른 신체 부위보다 도드라지게 하얘서 머릿속에 또렷이 남았다.

갓길에 세워진 차 문을 열자, 하얀 비닐봉지가 나를 맞았다. 마트 봉지가 뒷좌석을 꽉 메우다시피 놓여 있었다. 조수석에 앉은 엄마가 "미안, 대충 밀고 앉아"라고 해서, 파가 튀어나와 있는 봉지를 옆으로 밀고 구석에 앉았다.

아빠가 차를 유턴시키자 옆 거울로 오렌지색 정글짐이 보였다. 거울에 비친 아자미는 조금 전과 똑같이 거꾸로 매달린 채 점점이 작아졌다.

계속 보고 있었는지 엄마가 "운동 신경이 좋은 아이네." 하고 말했다.

"누구야? 친구?"

"아자미야. 히라타히가시 초등학교에 다닌대."

대답을 하다가 나도 모르게 쓸데없는 말까지 덧붙였다.

"아자미 엄마는 외국 가수야."

"평범한 엄마라서 미안하네."

뒷거울 속에 비친 엄마의 얼굴이 살짝 찌푸려졌다. 하지만 아빠는 말도 안 된다는 표정으로 입을 쩍 벌리고 있었다. 거짓말이라고 생각하는 것 같았다. 그래서 나는 아자미를 변호해야겠다는 책임감에 흥분한 목소리로 말을 이었다.

"도쿄에 살았대. 아자미도 도쿄에 가고 싶다고 했어."

"도쿄 사람들은 모두 친절하대."

"필리핀은 따뜻한 곳이래."

방금 들은 이야기를 처음부터 미주알고주알 옮기기 시작했다.

하지만 엄마, 아빠의 반응은 시큰둥했다.

대충 맞장구를 친 다음 엄마가 내 말을 정리하듯, "뭐, 치과 가는 일이 즐거워질 것 같아서 다행이구나"라고 말했기에 나는 스르르 맥이 풀렸다.

창밖으로 검은 흙빛이 끊임없이 흐르고 있었다. 확실히 이곳은 색이 적다.

다음 날 1교시, 선생님이 칠판에 큼지막한 글씨로 '도서실에서 독서'라고 쓰고 이렇게 말했다.

"서류 정리 때문에 좀 바쁘니까, 1교시 음악 시간은 없다. 미안해!"

교실이 순식간에 소란스러워졌다.

"아싸!", "선생님 최고!" 하며 남자아이들이 신이 나서 소리쳤다.

"이 녀석들, 놀라고 안 했다. '독서'라고!"

선생님이 교탁 앞으로 몸을 내밀었지만 아무도 듣고 있지 않았다. 여자아이들도 자리에서 일어나 즐거운 듯 킥킥거리며 삼삼오오 모이기 시작했다.

'어차피 독서 시간이니까 우르르 몰려나가봐야 소용없잖아.'

나는 제일 마지막으로 교실을 빠져나와 천천히 걸었다.

도서실은 쉬는 시간의 교실을 그대로 옮겨놓은 듯했다. 창가에 둥그렇게 앉아 쉴 새 없이 조잘대는 여자아이들, 두꺼운 사전으로 서로의 머리를 때리며 노는 남자아이들도 있었다.

'음악 수업 하는 게 더 좋은데…….'

아자미 엄마는 어떤 노래를 부를까? 필리핀 노래를 부를까? 필리핀 노래라도 학교에 있는 음반들 중에 하나 정도는 섞여 있을지 몰라!

그 순간 내 머릿속으로 어떤 생각 하나가 번뜩 떠올랐다. 나는 책장들 사이로 들어가 천장에서 아래로 대롱대롱 매달려 있는 색바랜 플래카드들 속에서 '지리'를 찾았다. 예상대로 '지리 구역' 책장에 세계 여러 나라에 관한 책들이 좌르륵 꽂혀 있었다. '필리핀'이 제목으로 들어간 책은 없었지만, '북아메리카'나 '아프리카' 등 지역별로 소제목이 붙은 지리책이 있었다. 필리핀이 어디에 속해 있는지 몰라서 아무렇게나 페이지를 넘겼다.

"센리, 뭐 찾는 거야?"

인기척 없는 책장 앞에 쪼그려 앉아 있는데 나를 부르는 소리가 들렸다. 이어 책장 사이로 아카네와 토오코가 얼굴을 빠끔 내밀었다.

"응, 필리핀."

내가 대답하자 두 사람은 웃으면서 "뭐야아." 하더니, 종이 인형극의 막이 넘어갈 때처럼 책장들의 그림자 속으로 사라졌다. 마침 '동남아시아'에 필리핀이 있다는 걸 발견한 참이어서, 나는 그대로 책을 들고 일어섰다.

아무도 없는 대출 접수대에서 내 도서 카드를 뽑아 책 제목과

날짜를 적었다. 공책보다 큰 책을 옆구리에 끼고 도서실을 나왔지만, 아무도 눈치 채지 못했다. 아이들이 떠드는 소리가 등 뒤로 멀어졌다.

1학년부터 3학년까지의 교실이 모여 있는 2층 복도는 수업 중이라 조용했다. 나는 복도 끝, 옆 건물과 이어진 구름다리의 돌출 창이 있는 곳에서 책을 펼쳤다.

아자미에 대해서는 반 친구 누구에게도 말하지 않기로 했다.

그 일주일은 평소보다 더 길게 느껴졌다.

드디어 일요일, 나는 엄마 아빠를 따라서 치과에 갔다.

부모님은 '이젠 혼자서도 문제없겠지'라고 말하듯 나를 병원 현관 앞에 내려주었다. 나 역시 어른스럽게 혼자 치과 문을 밀었다. 하얀색 문은 약한 힘에도 쉽게 열렸다.

병원 대기실에서 기다리고 있는데, 잠시 후 진료실에서 여자아이가 나왔다. 지난주에 청치마를 입고 왔던 아이였다. 오늘은 7부 청바지를 입고 있었다.

여자아이는 슬리퍼 소리를 쩍쩍 내며 내 쪽으로 걸어와 옆에 앉았다. 어쩌다가 또 눈이 마주쳤다. '이번엔 내가 먼저 고개를 돌릴 거야.' 하고 결심하는 순간, 그 아이가 얼굴을 들이밀고 나를 빤히 쳐다봤다.

"너 저번에 키타노 아자미랑 놀았지?"

첫마디부터 아주 당돌했다. 그 아이가 내 쪽으로 어깨를 살짝 기울이며 엷은 미소를 띤 채 내 눈을 바라보았다.

그때 이미 별로 좋은 이야기는 아닐 거라고 예감했지만, 모르는 척 무시할 수도 없어서 "응." 하고 가볍게 대답했다.

예상대로 그 아이는 내 곁에 바싹 붙어 앉으며 일급비밀이라도 발설하는 듯한 목소리로 속삭였다.

"걔 완전 거짓말쟁이야. 우리 학교에서 유명해."

"……같은 학교야?"

내가 조심스럽게 묻자, 여자아이는 고개를 갸웃하는 느낌으로 "그래." 하고 대답했다.

당장 '수박씨 멀리 뱉기 놀이'를 해도 될 만큼 크게 입술을 삐죽이며.

나는 제법 냉철하게 아자미의 이야기 중 '우리 엄마는 외국 가수'라고 말한 부분이 비난의 대상일 거라고 생각했지만, 이어지는 이야기는 엉뚱한 부분으로 튀었다.

"아자미가 치과에 다닌다고 했지?"

"그랬는데."

"그것부터가 거짓말이라니까. 걔 치과에 안 다녀."

조금 놀랐다. 이 아이의 말이 거짓일지도 모른다는 생각이 들었지만, 여자아이는 "오기 선생님한테 물어봐. 분명히 아자미를 모르실 테니까." 하고 바로 덧붙였다.

"치과에 다닌다고 하면서, 딴 동네에서 오는 애들을 속이는 거야. 너처럼 일요일만 오는 애들 말이야. 아무것도 모르는 애들만 골라서 엄마 얘기를 해. 외국 가수라니, 그게 말이 되니? 필리핀 사람인 건 맞지만, 걔네 엄마 '이세 전자'에서 일한대."

'이세 전자라면, 여기서 반대편 마을 변두리에 있는 전자 부품 공장을 말하는데……'

나는 공장 일은 잘 모르지만, 우리 학교에도 엄마가 이세 전자에서 아르바이트를 하는 아이들이 많았다. 그래서 평범한 일이라는 것쯤은 알고 있었다.

구체적인 회사 이름까지 나오자, 나는 기가 팍 꺾였다. 아자미와 이 아이 중 누군가가 거짓말을 하고 있다면, 아무래도 아자미쪽일 듯했다.

불안함이 표정에 드러난 것일까. 옆에 앉은 여자아이가 마지막 한방을 날리듯, 얼굴을 들이밀고 귓가에 속삭였다.

"거짓말쟁이가 하는 말을 믿으면 안 되지. 걔네 집 치과에 다닐 돈도 없다고 하던데. 어쩌면 더 나쁜 생각을 하고 있을지도 몰라."

그때 접수대에서 "미즈타 키요미." 하는 부름이 들리자 여자아이가 벌떡 일어섰다. 그러고는 쪼르르 접수대로 달려가서 진료비를 내더니, 그 뒤로는 눈도 마주치지 않고 나가버렸다. 나는 파스텔 색 소파에 혼자 남겨졌다.

주머니 속에 찔러 넣었던 두 손이 어느새 주먹을 꼭 쥐고 있었다. 손을 빼서 주먹을 펼치자, 땀에 푹 젖은 1,000엔짜리 지폐 두 장이 꼬깃하게 접혀 있었다.

"치과에 안 가면 이가 예뻐지지 않잖아? 난 아이돌이 꿈이거든. 연예인은 예쁜 이가 생명이래."

아자미가 제일 처음 했던 말을 떠올렸다.

그날은 이를 깎고 때우는 치료만 했기 때문에 거즈를 물지 않고 치과를 나왔다. 병원 문 밖에서 주차장을 살펴봤지만 역시 '23-17' 차는 없었다.

"센리!"

공원에 들어서자마자 높은 곳에서 목소리가 날아들었다. 빨간 티셔츠에 반바지를 입은 아자미가 정글짐 네 칸 높이에서 땅으로 훌쩍 뛰어내렸다.

아자미는 '충견 하치코(갑작스레 세상을 떠난 주인을 같은 장소에서 10년 넘게 기다렸다는 하치라는 이름의 충견)'처럼 나를 향해 곧장 뛰어왔다.

"오늘은 솜 안 물었네."

아자미의 뒤로, 그림동화처럼 색칠된 미끄럼틀 위에서 이쪽을 바라보며 히죽거리는 여자아이 넷이 보였다. 무리 한가운데 미즈타 키요미의 얼굴이 있었다.

'아, 뭐가 이렇게 복잡해?'

그때의 솔직한 심정은 그랬다. 모처럼 학교 밖에서 친구를 찾았다고 생각했는데, 결국 교실에서처럼 배배 꼬인 인간관계 속에서 적당한 균형을 유지해야 하다니! 아자미한테 붙느냐, 미즈타한테 붙느냐, 선택의 기로에 서 있었던 것이다.

하마터면 한숨을 내쉴 뻔했지만, 그때 축축한 무언가가 내 손을 확 잡아당겼다. 고개를 들자, 내 손을 잡은 아자미가 커다란 눈동자로 나를 뚫어지게 쳐다보고 있었다.

"오늘은 훨훨 날아 다녀도 괜찮겠네. 미끄럼틀로 가자."

'뭐? 도대체 상황이 어떻게 돌아가는 건지 모르겠네!'

미끄럼틀 꼭대기에는 미즈타 키요미 '파'가 진을 친 채 꿈쩍도 하지 않는데.

나는 어안이 벙벙한 상태 그대로 미끄럼틀 아래까지 끌려가고 말았다.

아자미는 일단 초콜릿색 사다리 앞에 멈춰 서서 아이들을 올려다봤다.

"비켜! 걸리적거리잖아!"

'응?!'

아자미는 성난 호랑이처럼 무섭게 말을 내뱉은 다음, 위를 올려다보지도 않고 성큼성큼 사다리를 오르기 시작했다. 나는 쭉 뻗은 아자미의 다리를 멍하니 쳐다보기만 할 뿐, 사다리 밑에서 꼼짝도 하지 못했다.

미즈타 파는 한동안 미끄럼틀 위에서 아래를 내려다봤지만, 아자미가 정상에 올라서서 "비켜! 비키라니까." 하고 소리치자, 삐죽거리면서도 좌우로 나뉘어 미끄럼틀을 타고 내려왔다.

"재수 없어.", "네가 더 걸리적거리거든?" 하고 쫑알대는 소리가 들렸다.

하지만 아자미는 아무렇지도 않은 듯 사다리 밑에 있는 나를 내려다보며 가볍게 손짓했다.

"센리, 올라와."

나는 멍한 표정으로 서 있었다. 그동안 따돌림을 당하는 아이들은 입도 뻥긋 못한다고 생각했는데. 그것이 세상의 상식인데……

정신을 차린 내가 사다리를 오르는 동안, 아자미는 위에서 기다렸다.

정상에 도착하자 그네 쪽으로 향하는 여자아이들의 뒷모습이 보였다. 두 사람이 그네를 타고 나머지는 울타리에 걸터앉았다. 아주 짧은 순간, 울타리에 앉은 미즈타가 뒤를 돌아봤지만 이내 모른 척하고 다시 옆 친구와 수다를 떨기 시작했다. "내일은 꼭 봐야지"라고 말하는 게 텔레비전 프로그램 얘기인 듯했다.

"오른쪽에서 탈래? 왼쪽에서 탈래?"

연한 파란빛 하늘을 배경으로 아자미가 물었다.

"오른쪽은 빨간색이니까 여자가 되는 거야. 왼쪽은 파란색이니까 남자."

"응?" 하고 내가 궁금해서 되묻자, 아자미는 "남자가 된 사람이 꽃을 따 와서 여자한테 받치면 돼." 하며 즉석에서 대답했다. 아자미가 정한 규칙이 그렇다는 것 같았다.

'걔 완전 거짓말쟁이야.'

거만하게 내뱉던 미즈타 키요미의 말이 떠올라 무심결에 웃고 말았다.

'뭐, 거짓말쟁이면 어때.'

아자미의 거짓말은 나쁜 거짓말이 아니야. 내 직감이 그렇게 얘기하고 있었다.

"그럼 난 왼쪽에서 탈래."

내가 왼쪽으로 정하자 아자미는 예전처럼 이를 드러내며 환하게 웃었다. 치료를 받은 흔적은 어디서도 찾아볼 수 없었다.

아자미는 내가 논두렁길에서 따온 하얀 냉이 꽃을 무릎 위에 올려놓고 연신 만지작거렸다.

우리는 저번처럼 정글짐 위에 앉아 차를 기다렸다.

아자미는 또 엄마 이야기를 했다. 도쿄에서 엄마는 매일 노래를 했다고, 엄청난 박수를 받았다고 했다.

"있잖아, 아자미네 엄마가 부르는 노래는 필리핀 노래야? 아니면 일본 노래야?"

"일본 노래야."

아자미는 미즈타 파가 모여 있는 쪽을 가리키며, "재네들 없을 때 불러줄게"라고 덧붙였다.

하얀 자동차가 부드럽게 미끄러져 들어와 공원 앞에 섰다. 23-17이다. 내가 정글짐을 내려가려고 할 때 차 문이 열리더니 엄마가 먼저 내렸다. 엄마는 정글짐 바로 아래까지 걸어와 우리를 향해 말을 걸었다.

"네가 아자미니?"

자기 이름이 불리자 아자미는 깜짝 놀란 듯 "아, 네." 하고 대답했다. 어딘지 모르게 긴장한 듯한 말투였다.

"네가 우리 센리랑 잘 놀아준다며. 센리가 어리바리해서 같이 놀기 불편하겠지만, 그래도 잘 부탁할게."

엄마는 아자미를 향해 그렇게 말하고는 "가자." 하고 내게 손짓을 했다.

나는 정글짐을 내려가다 말고 문득 아자미가 했던 게 생각나 그 애처럼 세 번째 단에서 훌쩍 뛰어내렸다. 땅에 세게 부딪친 발바닥이 얼얼했지만, 일단 착지에는 성공했다. 해냈다는 생각에 뒤돌아서서 아자미를 쳐다봤다. 하지만 아자미는 멍하니 하늘만 바라보고 있었다.

"아자미!"

내가 큰 소리로 아자미를 부른 후 "다음에 만나." 하고 크게 손을 흔들자, 아자미는 아주 잠깐 동안 머뭇거린 후에 평소처럼 나를 향해 손을 흔들어주었다.

　그날은 밤부터 비가 내렸다.

　나는 동생과 함께 이부자리로 기어들어가서 슬며시 머리맡의 스탠드를 켰다. 자기 전에 읽으려고 동남아시아 책을 가져왔던 것이다. 너무 늦게 자면 혼나기 때문에, 천천히 읽고 싶으면 역시 이 방법이 제일이다.

　필리핀 페이지에는 사람들이 활기차게 오가는 시장 사진, 지프랑 비슷하면서도 어딘지 조금 다르게 생긴 차가 사람들을 한껏 태우고 산길을 달려가는 사진이 실려 있었다. 사진에 온도까지 찍힌 건 아닐 텐데도, 왠지 저 높은 곳에서 땅을 태울 듯이 이글거리는 태양의 모습이 머릿속에 떠올랐다.

　아자미와 태양은 제법 잘 어울린다. 이곳엔 색이 부족하다고 불평을 늘어놓던 아자미의 마음이 이해가 갔다.

　그렇게 아자미 생각을 하고 있는데, 갑작스레 방문 열리는 소리가 났다.

　'큰일 났다!'

　나는 반사적으로 천장을 보고 누워, 한참 전부터 자고 있었던 것처럼 곯아떨어진 연기를 했다.

"……센? 자니?"

엄마의 목소리를 듣는 순간 머릿속에 스탠드 끄는 걸 깜빡했다는 사실이 떠올랐다.

'아이쿠, 들켰다. 들켜버렸어!'

단념하고서 살짝 눈을 뜨니, 스탠드 옆에 몸을 작게 말고 앉아 있는 엄마가 보였다. 내가 허겁지겁 덮어놓은 동남아시아 책 표지를 가볍게 쓰다듬으며 엄마가 입을 열었다.

"아자미 참 귀엽더라. 큰 눈은 분명히 엄마를 닮았을 거야."

칙칙한 형광등 불빛에 비친 엄마의 얼굴은 호수 바닥의 모래알처럼 고요했다. 늦게 잔다고 혼을 낼 기색은 전혀 보이지 않았다. 나는 맥이 빠져 아무 말도 하지 않았다.

그러자 엄마가 내 눈을 들여다보았다.

"그 아이 여기에."

엄마가 책에 얹었던 손을 허벅지 위로 옮기며 말을 이었다.

"아파 보이는 상처, 있었지?"

나는 당최 무슨 말인지 알 수가 없어서, 그저 멍하니 있었다.

'아파 보이는 상처라니? 무슨 말이야?'

아자미 허벅지에 난 상처는 본 적이 없다. 무릎까지는 옷으로 가려져 있었으니까.

"못 봤어?"

엄마는 조금 놀란 듯 다시 물었다.

"못 봤는데."

내가 대답하자, "엄마는 그때 정글짐 밑에 있어서 봤거든." 하며 엄마가 작은 한숨을 내쉬었다.

"센, 있잖아."

엄마의 목소리가 너무 차분해서 순간적으로 긴장이 됐다.

"센은 얼른 이해가 안 될지 모르지만……. 외국에서 시집을 오면 어려운 일이 생길 수도 있어. 물론 아무 문제없이 잘 사는 사람들도 많지만."

엄마는 거기까지 말하고선, 똑바로 누워 있는 내 이마에 손을 얹어 쓰다듬어주었다.

"아자미를 잘 지켜보렴. 어려운 일 때문에 힘들어할지도 모르니까."

그제야 나는 엄마가 무슨 말을 하고 있는지 알아차렸다.

허벅지의 상처와 집안의 '어려운 일'. 지금까지 아자미가 단 한 번도 '아빠'에 대한 말을 꺼낸 적이 없다는 데 생각이 미쳤다. 바로…….

정확하게 말로 표현하긴 어려웠다. 단지 이상한 불안이 스멀스멀 기어 올라와 목 안쪽이 서늘해졌다.

엄마는 여전히 내 이마를 쓰다듬고 있었다. 어릴 적, 열이 날때면 그랬던 것처럼.

"엄마."

나는 그야말로 열이 난 아기처럼 불안한 마음으로 엄마 얼굴을 올려다보았다.

"외국 가수가 일본에 시집 올 수도 있는 거지?"

"그럼, 그럴 수도 있지."

엄마가 그렇게 말하면서, 딸깍 하고 스탠드를 껐다.

일요일은 어김없이 찾아왔고, 그날 역시 비가 내렸다.

한산한 대기실에는 미즈타 키요미도 보이지 않았다. 이번에 깎은 이는 충치 자리가 깊어서 마취를 해야 했다. 나는 빵빵하게 부풀어 오른 것 같은 뺨을 살살 만지면서 우산을 쓰고 병원 문을 나섰다.

아까 병원 앞을 지나면서 확인했을 때 공원에는 아무도 없었다.

비는 여전히 차갑게 내리고 있었다. 밖에서 놀 수 있는 상황이 아니었다.

그래도 나는 공원으로 향했다. 혹시 아자미가 기다리고 있다면……. 하염없이 나를 기다리면서 빗속에서 얼어붙어 있다면……, 생각만 해도 끔찍했다.

아스팔트 길에서 공원 쪽으로 한 걸음 옮기자, 신발 뒤축에 진흙이 찰싹 달라붙었다. 그때 우산 너머에서 나를 부르는 소리가 들려왔다.

"센리."

잘못 들었길 바라며 나는 우산을 들었다. 아자미가 이런 날씨에도 바깥에서 나 같은 애를 기다려야 할 정도로 외롭다는 건, 결코 좋은 게 아니니까.

하지만 정면으로 보이는 미끄럼틀 밑에서, 반팔 셔츠와 청바지를 입고서 손을 흔들고 있는 아자미를 발견하고 말았다.

아자미는 전혀 슬퍼 보이지 않았다. 그 애는 평소처럼 누런 이를 내보이며 활짝 웃었다. 하지만 나는 왠지 가슴 한 구석이 저릿해졌다.

"이리 와."

아자미가 손짓으로 불러서, 나는 미끄럼틀 아래로 들어갔다. 머리가 바로 천장에 닿을 듯이 좁은 공간이었다. 바로 옆에 아자미의 얼굴이 있었다.

"비밀 장소 같지?"

아자미가 사다리 계단 틈으로 고개를 내밀었다.

"그러게"라고 대답하자, "히히히." 이 사이로 숨을 뱉으며 아자미가 웃었다.

길 저편으로 늘어서 있는 파스텔 색 집들은 비 속에서 흐릿했다.

아자미가 내 쪽으로 고개를 돌렸다.

"우리 엄마 애창곡 들려줄게. 오늘은 훼방꾼도 없으니까."

어슴푸레한 공간 속에서 아자미가 한 발 더 내 쪽으로 가까이

다가왔다. 그러더니 내 귀에 손을 대고 속삭였다.

"걔네들, 내가 예뻐서 괴롭히는 거야. 바보 멍청이들."

"맞아, 바보 멍청이들이야."

내가 맞장구를 치자, 아자미가 귓가에서 얼굴을 뗐다. 시큼한 충치 냄새와 끈적끈적하고도 달콤한 사탕 냄새가 공기 중으로 서서히 퍼져나갔다.

약한 빗소리가 규칙적으로 들려오는 가운데 아자미가 천천히 노래를 부르기 시작했다.

"도쿄 부기우기, 쿵작쿵작 리듬에, 가슴이 콩닥콩닥, 두근 두근 ♬ ♪"

아주 오래된 옛날 노래였다. 아마 제목은 가사 그대로 '도쿄 부기우기'일 것이다. 텔레비전의 '그리운 명곡 특집' 방송에 나오는 것을 몇 번 들은 적이 있었을 뿐, 정확한 가사는 몰랐다. 하지만 나는 아자미의 목소리에 푹 빠져들었다.

"바다 건너 울려 퍼지는, 도, 쿄, 부, 기, 우, 기 ♬ ♪"

빗소리보다 더 크게 노랫소리가 뻗어 나갔다.

아자미는 미끄럼틀의 둥근 기둥을 잡고 발을 움직이면서 노래를 불렀다. 누군가와 춤을 추듯이 경쾌하게 발뒤꿈치를 튕겼다. 웅덩이를 밟았는지 샌들을 신은 발이 흙탕물로 더럽혀져 있었다. 하지만 그런 것쯤은 아무렇지도 않다는 듯, 아자미는 뺨을 씰룩거리며 끊임없이 흥얼거렸다.

'우와! 진짜 가수다, 가수!'

나는 오른뺨에 남아 있던 마취의 저릿함마저 잊고 땅에 못 박힌 듯 서 있었다. 아름답고 리듬감 있는 노랫소리가 고막에 직접 닿을 것처럼 귀 안쪽까지 파고들었다. 빙빙 돌며 춤을 추는 아자미의 모습이 내 눈에 선명하게 새겨졌다.

비가 내리고, 세상은 아득해졌다. 대기의 엷은 커튼이 우리를 휘감았고, 그 순간 세상에 있는 사람은 우리 둘뿐이었다.

그날 밤 꿈은 온통 빨갛고 노란빛 천지였다.

알록달록한 풍선의 잔해와 피자 소스가 뒤섞여 있는 양 한없이 밝고 컬러풀하다.

아자미가 다양한 빛을 받으며 무대 한가운데에 서 있었다.

"이거 봐, 도쿄에는 이렇게 색이 많아."

아자미는 그렇게 말하며 얼굴 가득히 미소를 지어 보였다. 두툼한 입술 사이로 드러난 이는 새하얗고, 어디에도 충치는 없다.

나는 어디에서 아자미를 보고 있는 걸까? 어디에서 아자미의 말을 듣고 있는 걸까?

꿈속이라 잘 모르겠다. 나는 그곳에 없는 것 같지만, 아자미는 내게 말을 하고 있다.

뭐가 뭔지 알딸딸하다.

아자미가 '도쿄 부기우기'를 부른다. 화려하게 돌아가는 조명 아래에서 춤을 추며 발을 통통 퉁긴다. 반짝이가 들어간 미니스 커트를 입고 다리를 쭉 폈다 접었다 하며 노래한다. 바비 인형이 살아 움직이는 것 같다. 아자미의 다리는 긁힌 상처 하나 없이 깨 끗하다.

'도쿄라서 정말 다행이야.'

꿈속에서 나는 휴우 하고 마음을 놓았다.

하지만 현실은 색 없는 시골 마을에 불과하다.

논에 물이 차고, 키 작은 녹색 잎들이 바람에 몸을 떠는 시간 이 왔다. 산과 하늘도 한 걸음 더 땅으로 다가선 것처럼 색이 짙 어졌다.

그래도 역시 비가 내리면 회색 구름이 무논의 수면에 반사돼 위, 아래 모두 무채색으로 변했다.

일요일에는 또 비가 내렸다. 미끄럼틀 밑, 습기 때문에 답답하 게 느껴지는 회색빛 공기 속에서 아자미는 또 나를 기다리고 있 었다.

오른손에는 낡은 금속 손잡이가 달린 어른 가방을 들고, 왼손으로는 우산과 알아보기 힘든 종이를 쥔 채 아자미가 방금 치과에서 나온 나를 향해 비장하게 말했다.

"센리, 우리 도쿄 가자."

아자미의 왼쪽 뺨이 벌겋게 부어 있었다. 부어오른 볼 살 때문에 큰 눈이 밀려 이상한 모양새로 일그러져 있었다.

비 오는 날치고는 따뜻했는데도, 내 머리 꼭대기에서는 차가운 바람이 불었다.

"아자미, 그건?"

하지만 아자미는 전혀 다른 말을 했다.

"이건 금방 나아. 오디션 보는 데 지장은 없을 거야. 괜찮아."

그리고 바로 이렇게 덧붙였다.

"아, 지금은 초등학생도 아이돌이 될 수 있대. 그러니까 문제없어. 센리는 내 매니저 해."

나중에 설명을 덧붙이는 게 아자미의 버릇 같았다.

내가 아무 말이 없자, 아자미는 "이거 봐." 하면서 자신의 옷을 가리켰다.

"예쁘지? 엄마가 어릴 때 입던 옷이야. 필리핀에 계신 할머니가 보내주셨어."

치마를 입은 아자미를 본 것은 그날이 처음이었다. 가슴 밑으로 선이 들어간 노란색 원피스는 이미 아자미에게 너무 작아서, 어깻죽지에 달린 프릴이 팽팽하게 늘어나 있었다. 옷감도 빛이 바랠 대로 바랜 듯 푸석거렸다. 짧은 옷자락 밑으로 완전히 드러난 허벅지에 크고 작은 푸른 멍이 여기저기 흩어져 있었다.

머리 위에서 줄곧 빗소리가 났다. 그런 아자미를 얼마 동안 보고 있었을까. 마쳐한 잇몸도 저렸지만 그보다는 마음속이 더 저려왔다.

"갈까."

마침내 내가 말했다. 내가 해야 할 말은 그것뿐이었다.

아자미는 기뻐하면서 우산을 쥐고 있던 손을 펼쳐, 내게 손 안에 든 것을 보여주었다. 후쿠자와 유키치(일본 개화기의 사상가이자 교육자) 아저씨가 그려진 쭈굴쭈굴한 10,000엔짜리 지폐 한 장. 땀에 절다 못해 엉망으로 구깃구깃해져 있어서 '한 장'이라고 세기에도 무리가 있었지만, 어쨌든 지폐 한 장이 손에 쥐어져 있었다.

"이만큼 있으면 도쿄까지 갈 수 있잖아? 역까지 걸어가자."

아자미가 말했다. 나는 10,000엔으로는 도쿄에 갈 수 없다는 것도, 아이 걸음으로는 역까지 가는데 두 시간 가까이 걸린다는 것도 알고 있었지만, 아무 말도 하지 않았다.

논을 가로지르는 국도에 다른 사람의 자취는 없었다. 휴일이라서 달리는 차도 드물었다. 때때로 운송회사의 커다란 트럭이 길가에 고인 흙탕물을 있는 대로 튀기면서 지나갔다. 흙탕물도 내리는 비와 마찬가지로 뜨뜻미지근했다. 물에 젖은 바지자락이 무겁게 처졌다.

아자미는 우산을 앞으로 기울인 채 앞서 걸었다. 흙탕물이 튀어 아자미의 발부터 무릎까지 점점 더러워졌다. 가끔은 원피스에도 물방울이 튀어 노란색 옷에 얼룩이 졌다. 아자미는 일정한 속도로 걸었고, 그래서 샌들 바닥이 땅바닥을 때리는 짝짝 소리가 꼭 메트로놈 소리처럼 들렸다.

나는 스스로도 놀랄 정도로 침착했다. 앞에 걸어가는 아자미의 등을 보거나, 주변 풍경을 통해 얼마나 걸었는지 확인하면서, 일정한 속도로 발을 옮겼다.

우리는 도쿄에 갈 수 없다. 역까지 무사히 갈 수 있을지 없을지도 확실치 않다. 시내 쪽에서 들어오던 하얀 차가 우리를 찾아낸다고 해도 놀랄 일은 아니다. 어쨌든 나는 이곳을 벗어날 수 없고, 아자미도 집으로 돌아갈 수밖에 없을 것이다. 허벅지에 퍼런 멍이 들게 하는 집이라도.

우산 위로 후드득후드득 빗방울 떨어지는 소리가 들렸다. 그리고 일정하게 울려 퍼지는 샌들 소리도. 아자미는 뒤도 돌아보지 않고 말했다.

"우리 엄마, 가끔 나를 안고 우셔. 내가 '왜 울어?' 하고 물으면, '필리핀 생각이 나서.' 그렇게 대답해. 엄마는 열여덟 살에 일본에 온 뒤로, 한 번도 필리핀에 가지 않았대. 나도 필리핀에 가본 적

없고 할머니를 만난 적도 없어. 그럼 한번 가면 되지 않느냐고, 생각하게 되잖아. 그런데 내가 그렇게 말하면 엄마는 '절대로 다시 돌아가지는 않을 거야'라고 말해. 가지도 않을 거면서, 생각이 나서 울다니 이상하지? 하지만 나, 지금은 엄마 마음을 조금 알 것 같아. 나도 있잖아, 도쿄에 가면 절대로 이곳에 돌아오지 않을 거야. 정말 싫으니까. 하지만 이곳이 생각나면, 눈물이 날 것 같아."

아자미의 목소리는 앞으로 뻗어 나갔기 때문에, 내 귀에는 아주 멀리서 전파를 타고 들려오는 라디오 소리처럼 희미하게 들렸다. 트럭이 요란한 소리를 내면서 우산에 닿을 듯이 옆을 스쳐 지나가면 더욱 그랬다. 그래도 아자미가 하는 말을 나는 또렷이 알아들었다.

우산을 살짝 들어 올리자 하늘에서 떨어지는 빗줄기가 꼭 화살처럼 보였다. 아자미를 향해 쏟아지는 물 화살처럼. 코끝에 빗방울이 떨어져 나도 모르게 얼굴을 찡그렸다. 역삼각형 모양의 파란색 표지판이 눈에 들어왔다. 국도 번호가 적혀 있는 그 표지판이 아주 살짝 왼쪽으로 기울어져 있었다.

'하나님, 아자미를 도쿄로 데려가주세요.'

시공간을 초월해, 지금 당장 아자미를 열여덟 살로 만들어 도쿄 한복판에 내려다주고 싶었다.

"하지만 혼자가 아닌걸. 센리가 있잖아. 센리, 내가 울면 꼭 안

아줘야 해."

아자미의 말에 나는 대답하지 않았다. 그래도 아자미는 뒤를 돌아보지 않았다. 샌들 소리를 내면서 앞으로 앞으로 걸어갔다.

우리가 흰색 코롤라에 붙잡힌 것은 그 후로 15분도 채 지나지 않아서였다. 이미 치과에 들렀다 온듯 뒤에서 추격하듯이 달려온 차가 우리보다 조금 앞에서 멈춰 섰다. 조수석에서 엄마가 내렸다.

"센리, 왜 이런 곳에 있는 거니?"

하지만 엄마는 화를 내지 않았다. 화가 난 시늉만 하고는 아자미와 나를 뒷좌석에 태웠다. 아자미는 전에 엄마를 만났을 때처럼 멍하니 있었다. 흠뻑 젖은 우산과 옷 때문에 뒷좌석이 순식간에 비 냄새로 가득 찼다.

운전석에 앉은 아빠가 "어디로 가면 돼?" 하고 무뚝뚝하게 물었다. 엄마가 아빠의 딱딱한 말투를 덮으려는 듯 고개를 돌려 아자미의 얼굴을 보면서 "집까지 바래다줄게." 하고 부드럽게 말했다.

아자미는 입을 벌린 채 한참 동안 그렇게 있었다.

"……괜찮아요. 공원이면 돼요."

그런 후에 겨우 나온 대답은 그게 다였다. 엄마의 당황한 듯한 표정이 뒷거울에 비쳤다. 적당한 샛길이 나오자 차는 유턴해서 뉴타운 쪽으로 향했다.

그 뒤로 아자미는 입을 다물고 발끝만 쳐다봤다. 나도 갑자기 어깨의 힘이 빠져서 아무 말도 할 수 없었다. 시트에 몸을 기댄 채 아자미의 눈을 좇아 그 애의 발끝만 바라봤다. 발톱은 울퉁불퉁하고 발가락 끝은 진흙투성이였다. 엄마 아빠도 아무 말이 없었고, 차 안에 라디오 소리만 작게 떠돌았다.

걸어서 15분이 걸렸으니, 차로는 3분도 걸리지 않았다. 눈 깜짝할 사이에 공원 앞에 도착했다.

"고맙습니다."

아자미는 딱딱하게 고개를 숙이더니, 곧바로 문을 열었다. 우산을 펼치지도 않고 비에 젖은 길에 내려섰다. 나를 돌아보지도 않고, 손을 뒤로 돌려 문을 닫고는 창틀 밖으로 사라져버렸다. 순간, 차 안에 침묵이 흘렀다.

"……멍이 저렇게 들었으니, 이젠 그거겠지. 아동상담소."

아빠가 중얼거리더니 오른쪽 깜빡이등을 켰다. 엄마가 잠시 틈을 두고는 "그렇겠지." 하고 말했다.

나는 곧장 전화해서 신고해야겠다고 말하는 엄마 아빠의 대화를 말없이 듣고만 있었다. 차가 부드럽게 다시 유턴했다.

그때 자동차 옆 거울에 공원의 모습이 비쳤다. 나는 시트에 몸을 파묻고 있다가, 퍼뜩 정신을 차리고 창문에 얼굴을 가져갔다.

미끄럼틀 아래, 아자미가 서 있었다. 내가 보고 있는 것을 알아

챘는지 손을 펼쳐 크게 흔들었다.

그 순간 아자미의 손바닥, 그 하얀 손바닥이 공기 중에 떠올랐다. 내 눈에서 주사기로 짜낸 것처럼 쭉 하고 눈물이 흘러내렸다.

나는 입술을 깨물고 눈물이 흘러내리는 걸 꾹 참았다.

'울면 안 돼. 아자미도 울지 않는데, 내가 울어버리면 어떡해.'

옆 거울에 비친 아자미는 계속해서 손을 흔들고 있었다. 입술을 달싹거린 것 같았지만 모습이 점점 작아지는 바람에 뭐라고 하는지는 알 수 없었다.

차가 국도로 들어서고 마침내 시야에서 공원이 사라지자 그때부터 나는 울었다.

내 의지와 상관없이 터진 울음소리가 목 안쪽에서부터 흘러나와 차 천장에 부딪쳤다.

"걱정하지 마. 아자미는 곧 상담 받으러 가게 될 거야."

엄마가 내 쪽으로 몸을 빼고 말했지만, 나는 목으로 치솟아 오르는 뜨거운 것을 억누르지 못하고 엉엉 울었다.

"괜찮아, 센."

엄마가 나를 달랠 때마다 나는 괜히 더 슬퍼졌다. 왜 그런지는 알 수 없었다.

예상했던 대로 그 다음 주 일요일부터 아자미는 공원에 나오지 않았다. 몇 번인가 치과에서 미즈타 키요미와 마주쳤지만, 내 옆자리를 피해 앉는 바람에 아자미가 어떻게 됐는지 물어보지 못했다.

6월 마지막 주 일요일에 치과 치료는 모두 끝이 났다. 그 날은 며칠째 계속된 장마가 멈추고 반짝 햇빛이 내비쳤다. 눈부신 구름이 하늘 여기저기에 떠 있었다.

공원에는 아무도 없었다. 나는 정글짐 꼭대기까지 혼자 올라갔다. 언제나 그렇듯 마취한 잇몸이 묵직하게 느껴졌다.

'이 하늘은 도쿄까지 이어져 있겠지.'

하지만 실감은 나지 않았다. 내게 도쿄는 텔레비전 속에서만 존재하는 세상이니까.

하지만 어른이 된 아자미는 도쿄에 있을 것이다. 화려한 조명이 가득한 무대 위에서 노래하고 있을 것이다. 정말로!

"내가 울면 꼭 안아줘야 해."

아자미가 국도를 따라 걸으면서 했던 말이 떠올랐다.

'내가 모르는 세상에서, 아자미는 공원에서 나를 만났던 추억을 떠올리며 울어줄까?'

갑자기 와락 눈물이 날 만큼 슬퍼졌다.

마취한 오른쪽 빰을 만져본다. 만져도 만져지지 않는다.

정글짐에서 바라보면 바다처럼 생긴 초록색 논이 보인다.

바람이 지나가는 길을 따라 초록색이 바짝 누웠다가 일어나 춤

추는 모습을 바라보면서, 나는 몇 번이고 오른쪽 뺨을 만져본다.
그리고 이제 두 번 다시 충치를 만들지 않겠다고 다짐한다.

별은 돌고
도니까

잠의 구렁 속으로 노랫소리가 파고든다.

'비읍'과 '피읖'이 이에 부딪치는 소리만 가까스로 들리는 아주
희미한 노랫소리다.

빨간 눈의 전갈
펼친 독수리의 날개
푸른 눈의 강아지
빛나는 뱀의 똬리

나는 온몸을 녹진녹진하게 만드는 힘에 저항하면서 눈을 뜨려
고 한다. 노래하는 주인공이 옆에서 이불을 덮어쓰고 있는 여동
생 치에미인지, 아니면 다른 누구인지 확인하기 위해서. 누에고
치처럼 머리끝까지 이불을 뒤집어쓴 치에미가 보일 듯 말 듯 하
다. 하지만 누구인지 정확하게 확인하기도 전에 나는 구렁 경계

선에 걸쳐 놓았던 손을 놓치면서 빛이 없는 세계로 쓰윽 빨려 들어간다.

다음 날 아침이 되면, 잠의 구렁에서 본 것은 날실을 뽑아 버린 직물처럼 엉성한 기억으로 남겨진다. 물론 치에미 아닌 다른 사람이 이 작은 침실에 있을 리 없다. 그러나 기억 저편으로 사라지는 노랫소리와 함께, 여동생이 아닌 타인의 존재가 스멀스멀 느껴지는 것 같다.

무섭지는 않다. 하지만 속아 넘어간 기분이 들어, 나는 옆에서 자고 있는 치에미의 코를 콱 잡아당겨본다. 그래 봤자 노골적으로 불쾌한 표정을 지으며, "지금 뭐 하는 거야?" 하고 치에미가 눈을 치켜뜰 텐데.

'있잖아, 어제 자기 전에 노래 불렀어?'

이 한마디만 물으면 끝날 일이다. 하지만 나는 그 말을 언제나 집어삼킨다.

마치 내가 잠드는 순간을 기다린 것처럼 아주 절묘한 순간에 들려오기 때문에, 어쩌면 노래에 중요한 비밀이 담겨 있을지도 모른다는 생각이 드는 것이다.

만약 꿈이 아니라면 그러니까 치에미의 노래였다면, 자기만 아는 비밀 장소에 내가 마음대로 들어가지 못하도록, 얇은 장막을 깔아놓듯 아련한 노랫소리로 나를 막고 있는 건지도 모르니까…….

엄마가 성큼성큼 방으로 들어와 커튼을 젖히는 동안, 밤의 기억은 더욱 희미해진다.

'그래 그냥 꿈일 거야.'

그래도 몇 번이나 들었으니 가사 만큼은 뇌리에 콕 박혔다. 이집트 같은 곳의 돌비에 꼬불꼬불 문자로 새겨 놓았을 법한 수수께끼 같은 가사다. 전갈의 눈은 빨갛고 강아지의 눈은 파랗다.

"치에미, 아침마다 깨우느라 지친다, 정말. 얼른 일어나지 못해!"

엄마가 옆자리에서 치에미를 끌어낸다. 여덟 살이 돼서 제법 무거울 텐데, 엄마는 치에미를 질질 끌어내 바닥으로 내팽개친다.

그 모습을 보고 나는 흠칫 놀랐다. 하지만 치에미는 아무렇지도 않다는 듯 벌떡 일어나, 햇볕에 그을린 피부와는 전혀 어울리지 않는 긴 생머리를 긁적거리며 방을 나갔다.

엄마가 이번에는 나를 내려다보며 호통을 쳤다.

"센리, 너도 멍하니 있지 말고 어서 일어나 옷 갈아입어!"

여느 때와 다름없는 아침.

아무 일도 일어나지 않는다. 수수께끼 노래도 수수께끼처럼 신비한 사건을 일으키지는 않나 보다. 억지로 깨문 눈깔사탕처럼, 어설픈 어색함만 내 안에 남아 있을 뿐이다.

11월의 마루는 얼어서 반짝반짝 빛이 났다. 발바닥에 달라붙는 딱딱하면서도 차가운 목판의 감촉을 느낄 때마다 문득 떠오르는 환영이 있다.

긴 머리의 여자아이. 작은 손으로 크레용을 쥐고 잠긴 목소리로 측은하게 "언니"라고 부른다. 치에미다.

치에미는 어릴 때 천식을 앓아서 집 밖으로 나가 놀지 못했다. 대신 온 집 안 구석구석을 걸어 다니며, 어두운 마루에 하늘거리는 잠옷의 하얀 그림자를 떨어뜨렸다. 영락없는 천사의 모습이었다.

세 살 즈음에는 심한 기침으로 하루가 멀다 하고 병원에 입원했던 터라 '이곳에는 잠시 머물러 있을 뿐'이라는 분위기를 물씬 풍기던 치에미. 심지어 "일곱 살까지는 신의 아이라니까"라고 막말을 하던 친척도 있었다.

하지만 치에미는 보란 듯이 호흡 보조기를 떼어냈고, 어느새 아무렇지도 않게 우리 주위를 뛰어다니고 있었다.

이 나무 집의 그림자가 짙게 드리우는 곳에는 아직도 아팠던 치에미의 공기가 남아 있다. 때때로 숨바꼭질 하는 아이처럼 얼굴을 내밀었다 사라진다.

세수를 한 후 세면기에 받았던 따뜻한 물을 흘려보낼 때 빨려 들어가는 물소리 저편에서 콜록 하는 기침 소리가 들리는 것 같고, 치약을 꺼내려고 세면대 서랍을 열면 코를 찌르는 파스 냄새가 나는 것만 같다.

철떡철떡, 맨발로 마루를 걸어가는 소리가 들린다. 하지만 뒤돌아보면 겨울인데도 햇볕에 탄 손발을 고스란히 드러낸 2학년 치에미가 있다. 당장에라도 사라져버릴 것 같던 어린 치에미가 아니라.

할머니가 "준비물 까먹지 말고 잘 챙겨서 가라"고 당부했다. 7시 25분. 불단이 모셔진 방 한쪽에 놓인 두 개의 빨간 책가방을 보면서, 왠지 지금이 더 꿈같다고 생각한다.

'치에미랑 함께 학교에 다니게 되다니, 옛날에는 상상조차 못 했는데.'

실눈을 뜨고 지긋이 바라보고 있으려니 책가방은 어느새 빨간 점이 되었다.

4학년이 되어 학교에 다니는 것, 반 아이들 틈에서 매일 다른 생각을 하는 것, 매일 해야 하는 귀찮은 숙제, 그런 모든 것들이 아련해져서 지금이라도 누가 '짝' 하고 손뼉을 치면 전부 사라져버릴 것만 같았다.

왜일까? 옛날이 더 진짜처럼 느껴지는 것은.

"나 어제 카츠라가 도둑질하는 거 봤다."

다섯 개를 이어붙인 책상 위에 모조지를 펼치면서 토오코가 불쑥 말을 꺼냈다. 조금 떨어진 구석에서 카츠라의 우렁찬 웃음소리가 막 들린 참이었다.

나는 깜짝 놀라 카츠라가 있는 쪽을 쳐다보았다. 가운데 가르마를 타서 어깨까지 머리카락을 곧게 내린 카츠라가 네 명의 남자아이들과 함께 둥글게 원을 그린 채 서 있었다. 카츠라가 약간 헤진 교과서로 옆에 서 있는 남자아이를 쳤다. 툭, 교과서 사이에서 무언가가 떨어지는 소리가 났다. 카츠라는 뭐랄까, 무척이나 '여자아이 같지 않은' 여자애다.

"뭘?"

나는 카츠라에게서 시선을 떼지 못한 채 핵심에서 빗나간 엉뚱한 질문을 하고 말았다.

하지만 토오코는 시원스럽게 "공책"이라고 대답했다.

내 옆에서 빨강부터 파랑 순으로 형광펜을 재배치하고 있던 아카네가 고개를 들었다.

"카츠라, 이번에는 '주스코(일본의 유명한 대형 마트)'에서 손목시계 훔쳤다고 자랑하던데."

아카네의 목소리가 주변의 웅성거림보다 약간 크게 울렸다. 우리는 동시에 입을 다물고 눈을 깜빡였다. 교실 소음이 조금 가라앉은 때였다. 곁눈질로 선생님을 확인해보니, 다행히도 자리에 앉은 채로 교탁 옆의 모둠에 말참견을 하고 있었다. 저절로 한숨이 쉬어졌다.

지금은 사회 수업 시간이다. '우리 조'는 나, 토오코, 아카네, 카즈야, 이시바타까지 해서 모두 다섯 명이다. '농촌 주민 인터뷰'라

는 주제로 발표를 준비하기 위해 특별히 편성된 모둠이다. 원래
는 제비뽑기를 해서 정해진 자리 순서에 따라 모둠 활동을 하지
만, 이번에는 방과 후에도 모여 활동하기 좋도록 집이 가까운 아
이들끼리 짝지어졌다. 그래서 우리 모둠은 하교를 같이 하는 여
자 셋과 남자 둘로 정해졌다.

하지만 집이 가까워도 나를 포함한 여자아이들은 남자애들과
별로 친하지 않았다. 카즈야의 눈동자가 티 나게 흔들리고 있었
다. '도둑질'이라는 말을 못 들은 척하고 싶은 것 같았다. 그런
속마음을 읽었는지 내 옆에 앉은 이시바타가 대뜸 "드래곤 퀘스
트 말이야, 도저히 에스타크를 못 깨겠어." 하며 수업과 상관없
는 (여자아이들의 화제와도 전혀 상관없는) 게임 이야기를 시작했
다.

이어서 아카네가 소프라노 톤으로 속사포처럼 말을 뱉어냈다.

"솔직히 어이가 없다니까. 그런 말을 들으면 뭐라고 대답하라
는 거야? 그래, 멋있다는 말이라도 듣고 싶은 거겠지, 자기는!"

"아카네, 목소리가 너무 크다니까."

토오코가 조용히 하라는 듯 집게손가락을 입술에 댔다. 하지만
곧이어 몸을 앞으로 내밀고 덩달아 흥분해서 떠들었다.

"사실 그런 거 자랑하면 안 되지. 정말 못된 짓이고, 나쁜 거니
까."

나는 남자 둘과 여자 둘의 대화에 끼어서 바짝 쪼그라들었다.

"근데, 요즘 카츠라 진짜 짜증 나. 엄마들끼리 친하다고 나한테까지 붙는 건 꼬맹이 시절로 끝내달라고요."

"뭘 그렇게 신경 써. 좋은 방법 있잖아. 회심의 한 방 날리기."

나는 책상 위에 놓인 '사회 4-2' 교과서로 시선을 떨어뜨렸다. 표지에 앞머리를 가지런하게 자른 또래의 남자아이가 눈을 가늘게 뜬 채 웃고 있었고, 바로 옆에는 덧니를 드러낸 채 웃고 있는 여자아이가 있었다. 무를 들고서 생긋 웃고 있는 채소가게 아줌마와 황금빛 논, 석유 콤비나트 사진이 그 두 사람을 둘러싸고 있었다.

'사회란 뭘까?'

교과서 옆에 형광펜 여덟 개가 놓여 있었다. 이시바타가 꺼내놓은 것을, 아카네가 예쁘게 모아놓은 것이다. 나는 오른손을 쫙 펴서 그것들을 몽땅 집어 들었다. 마음 같아서는 그것들을 그대로 교실 바닥에 내동댕이치고 싶었지만, 결국 그렇게 할 수는 없었다.

교탁 옆에 앉은 아이들은 선생님까지 끌어들여 화기애애하게 얘기를 나누고 있었다. 간간이 대화 내용이 들렸다. 모두들 진지하게 농촌 이야기를 나누고 있었다. 여자아이들 중에 가장 어른스러운 치코가 생글생글 웃으며 무언가를 메모했다. 바닷가 마을에 사는 아이들이다.

'아, 바닷가 마을로 가고 싶다.'

형광펜 여덟 개를 꽉 움켜쥔 채 책상에 턱을 괴고 앉아 있는데, 카츠라의 목소리가 몇몇 아이들의 목소리를 가르며 교실 구석에서부터 내 귀에까지 날아들었다.

"그 서점은 경비가 진짜 허술해. 곧 망하지 않을까 항상 걱정된단 말이야."

옆에 앉은 남자아이가 "네가 망하게 하겠지, 바보야." 하고 웃으며 대꾸했다.

종이 울릴 때까지는 앞으로 5분. 나는 시간을 죽이기 위해 이시바타의 형광펜 뚜껑을 몸체와 짝짝이로 껴놓을까 잠깐 생각했다.

그날 아카네는 1층 출입문을 나서면서 다른 아이의 신발장 안에 있던 운동화를 꺼내 바닥에 툭 던졌다. 고무창이 바닥에 부딪쳐 퍽 하는 소리가 났다.

"자, 가자, 가자."

아카네가 아이돌 같은 미소를 지으며 말했다. 신발을 다 신은 토오코가 가볍게 웃으며, 바닥에 뒹굴고 있는 운동화 한 짝을 발로 찼다. 지질하게 굴러간 신발은 남자아이들 신발장 앞에서 어중간하게 멈춰 섰다. 우리 쪽을 향해 사선으로 놓인 신발이 마치 나를 째려보고 있는 것 같았다.

나는 눈앞에 놓여 있는 나머지 한 짝을 사뿐히 넘어서, 두 사람과 함께 유리문을 빠져나왔다. 물을 필요도 없이, 진흙이 묻은 새

빨간 운동화는 카츠라의 신발이었다.

유리문 하나를 사이에 두고, 문 뒤쪽에서 묵직한 공기가 느껴졌다.

'아카네와 토오코는 정말 아무렇지도 않은 걸까.' 하는 생각에 곁눈질로 두 사람을 살펴봤지만, 모두 평소와 다를 바 없는 얼굴로 사박사박 걷고 있었다.

11월의 바람이 피리 소리를 내며 불고 있었다. 우리는 바닷바람에 머리를 흩날리며 나란히 걸었다. 상가 지역을 빠져나가자, 길 양쪽으로 벼 밑동만 가지런히 서 있는 논이 이어졌다. 구름이 있는지 없는지조차 알 수 없는 회색빛 하늘 아래서 걸어가는 사람은 우리 셋뿐이었다.

"카츠라가 선생님한테 고자질하면 어쩌지? 하긴 그 정도 갖고 난리칠 정도로 자존심이 없진 않을걸. 좀 거만하시긴 하잖아."

말없이 두 사람이 주고받는 험담을 들으면서 나는 집에 가는 다른 방법이 없을까를 고민했다. 그러나 전혀 떠오르지 않았다.

단 하루의 예외도 없이 나는 늘 아카네, 토오코와 함께 집에 갔다. 태풍이 부는 날에는 조그만 우산 아래서 서로에게 바짝 달라붙어 꺅꺅거렸고, 봄이면 길가의 풀을 꺾느라 몇 십 분씩 시간을 허비하기도 했다.

'참 즐거웠는데.'

과거형이란 걸 깨달았을 때 무언가가 뇌 안쪽을 쿡 파고드는 것 같은 통증이 느껴졌다.

'이게 뭐지?'

나는 조금 앞서서 걸어가는 두 사람의 뒷머리를 쳐다봤다. 긴 머리를 늘어뜨린 아카네, 양 갈래로 땋아 내린 토오코, 항상 같은 모습이었던 것 같은데 어쩐지 예전과 달라 보였다. 정말 딱 한 발자국 앞에 서 있을 뿐인데, 불러도 돌아보지 않을 것 같았다.

'나는 왜 얘들과 같이 가는 거지?'

동시에 논 사잇길로 "하나, 둘, 셋!" 외치며 달려 나가는, 초등학교에 갓 입학한 우리들의 모습이 보였다. 1학년, 말 그대로 햇병아리 시절에는 달리기 시합을 하면서 집에 가기도 했다. 비 오는 날에 우산을 쓰고 달리다가 앞쪽에서 부는 바람을 맞고 괜히 깔깔거리며 웃어댄 적도 있었다. 이마에 젖은 머리카락을 찰싹 붙인 채 깔깔 웃고 있는 아카네. 물방울무늬 손수건으로 내 가방을 닦아주던 토오코.

'얘들아, 저기 모퉁이까지 달리기 시합하지 않을래?'

만약 지금 내가 그렇게 말한다면, 둘은 뭐라고 할까.

집에 거의 다다랐을 때쯤 울타리에서 튀어나오는 치에미가 보였다. 이 추위에 샌들이라니. 반바지 아래로 까무잡잡한 두 다리가 보였다.

"치에미!" 하고 동생을 부른 뒤에, "잘 가." 하며 두 사람에게 인사했다.

"안녕.", "잘 가." 하는 아카네와 토오코의 평범한 인사를 듣고 나서, 나는 아스팔트 길 위를 달렸다. 바로 앞 모퉁이에서 왼쪽으로 꺾으면 자갈길이 나온다. 그 길 위에 치에미가 뜨악한 표정으로 서 있었다. 무릎을 살짝 굽힌 모습이 당장이라도 어디론가 튀어갈 것 같은 모양새였다. 나는 손짓으로 치에미를 붙잡아놓은 다음 그쪽을 향해 열심히 뛰었다.

"야스네 집에 놀러 가려고 했는데."

팔을 잡고 집 울타리 안으로 끌고 들어가자, 치에미의 인상이 한껏 구겨졌다.

"약속한 것도 아니잖아?"라고 대꾸하자 치에미가 정말 마지못해 고개를 끄덕였다.

"언니 고민 좀 들어줘."

나는 아카네와 토오코의 수선스러운 대화 소리가 멀어진 것을 확인한 후 치에미의 어깨를 잡고 말했다.

"뭐, 듣기만 하는 거라면."

치에미가 연못가 바위에 걸터앉으며 새침하게 말했다. 치에미는 은근슬쩍 제일 편평한 바위를 골랐다. 나는 그 옆에 있는 뾰족한 바위 위에 앉았다. 하지만 역시 엉덩이가 아파서, 책가방만 내려놓고 치에미 옆에 섰다.

"있잖아."

말을 꺼내긴 했지만, 어디서부터 시작해야 할지 몰랐다.

4학년이 된 후로 나는 싫증과 짜증을 번갈아냈다. 그러나 무엇 때문에 싫증이 났는지 막상 설명하려고 하면 아무 말도 나오지 않았다.

어릴 때부터 함께 지낸 아카네와 토오코한테 싫증이 났는가 하면, 그것도 아니다. 두 사람만 나쁜 것은 아니다. 도둑질을 자랑하는 카츠라는 그보다 더 이상하다. 하지만 카츠라만 나쁘다고 할 수 없다. 우등생이면서 불편한 이야기는 못 들은 척하는 카즈야도 못마땅하고, 더 나아가 아무것도 모른 채 즐겁게 모둠 활동을 하는 바닷가 마을 아이들에게도 짜증이 난다.

"그게, 있잖아. 내가 친구들을 싫어하는 것 같아."

결국 입 밖으로 나온 말은 이런 엉성한 것이었다. 동시에 나는 문밖을 흘끔 살폈다. 지금이라도 친구들 중 하나가 얼굴을 내밀고 나를 향해 손가락질할 것만 같아서. 그 애들이 나를 지목하는 순간, 내 신발도 카츠라의 신발처럼 내동댕이쳐질 것이다.

치에미는 관심 없는 듯 "아아." 하고만 대답했다.

더 이상 대답이 없자, 나는 다시 한 번 "있잖아." 하고 먼저 말을 꺼냈다.

"치에미, 학교 끝나고 나랑 같이 갈래?"

대놓고 싫어할 줄 알았지만 일단 말을 꺼내보았다. 하지만 치에미는 입을 굳게 다물고 나를 한 번 흘낏 보기만 했다.

"난 야스랑 신타로랑 앗충이랑 같이 가야 하는데……."

치에미의 긴 머리카락 한 움큼이 바람에 휙 하고 날렸다. 어릴 적에 여러 번 봤던 장면 같았다. 하지만 지금 내 앞에 있는 사람은 예전과는 다른 치에미. 겨울에도 다리가 까무잡잡한, 건강한 치에미다.

"그렇지."

내가 맥없이 말하자, 치에미가 샌들을 땅에 툭 떨어뜨리고서 연못 위로 맨발을 죽 뻗었다. 그러고는 수면 위에 떠 있는, 아직 물이 스며들지 않은 마른 잎을 발가락으로 톡톡 건드렸다. 나는 고개를 숙이고, 수면 위에 이는 조용한 파도를 바라보았다.

문득 교실 한쪽에서 웃고 있던 카츠라가 떠올랐다. 남자아이들에게 둘러싸인 채 여자아이들이 자기 험담을 하는 줄도 모르고 웃고 있던 카츠라.

나는 결심을 하고 고개를 들었다.

"너, 남자애들하고만 놀면 여자애들이 미워한다!"

생각보다 목소리가 크게 울려서 당황했는데, 치에미는 귀찮다는 듯 내 쪽을 흘끔 쳐다봤을 뿐이다. 치에미가 바위에서 훌쩍 뛰어내렸다. 오른쪽 맨발로 흙을 왕창 밟았지만, 치에미는 개의치 않고 그대로 샌들에 발을 집어넣었다.

"그래도 언니랑은 안 갈 거야."

치에미는 아주 당찬 말투로 그렇게 말하더니 주먹을 쥐고 뛰어가 버렸다.

머리 위에서 피리 소리 같은 바람 소리가 울렸다. 짧게 자른 머리가 바람에 끌려가듯 살짝 공중으로 떠올랐다.

나는 조금 전까지 치에미가 앉아 있던 바위 위로 올라가 무릎을 껴안은 채 앉았다. 판판해서 확실히 편했지만 조금 좁은 것 같기도 했다.

하지만 나는 그대로 앉아서 연못에 떨어진 잎들을 바라보았다. 바람이 떠밀었는지 오른편에 모여든 낙엽들이 엉겨 붙은 채 몸을 떨고 있었다.

치에미가 작은 손으로 연못에 배를 띄우던 날이 떠올랐다.

내가 교육 방송의 만들기 프로그램을 보고 스티로폼으로 만들어준 조잡한 배였다. 치에미는 그 배에 좋아하는 생쥐 인형을 태웠다. 인형은 곧바로 가라앉았고, 치에미는 엉엉 울었다. 나는 우는 치에미의 손을 잡아주었다. 가느다란 손가락이 아주 뜨거웠다.

눈을 내리깔고 내 손을 펴 본다. 거기에 텅 빈 손바닥이 있었다.

"빨간 눈의 전갈, 펼친 독수리의 날개……"

나는 연못을 바라보며, 치에미의 노래를 불러보았다. 순 엉터리라고 생각했다.

'센, 너, 정말 외롭구나.'

남자아이들과 자갈길에서 뛰노는 치에미의 모습이 마냥 좋아 보이지는 않았다. 가냘픈 목소리가, 자그마한 손이, 오직 나를 향했던 그 시절이 그립다는 생각마저 들었다.

그때는 밖에 나갈 수 없는 치에미 때문에 친구들과 함께 먼 곳으로 놀러 가지도 못했다. 하지만 그 대신에 내 옆에는 꼭 잡을 수 있는 손이 있었다.

'내가 치에미 곁에 있어줘야 해.'

의무감이었는지도 모른다. 그러나 그것은 기분 좋은 확신이기도 했다.

'왜 내가 치에미의 손을 잡아줘야 하는 거지?' 같은 생각은 해본 적도 없다.

아카네와 토오코도 마찬가지다. 두 사람은 의심할 것도 없이 '친구', '친구란 무얼까?'라는 생각을 하기 전에 이미 '친구'인데. 왜 같이 있어야 하냐는 고민 따위 애초에 하지 말았어야 했다.

'왜'가 필요 없는 세상 속에 계속 머무를 수 있었다면 좋았을 텐데.

다음날 아침 교문 앞에서 등교 그룹이 뿔뿔이 흩어질 때, 치에미가 내게 다가와 말했다.

"안 기다릴 거야! 평소처럼 집에 갈 거라고!"

"알겠습니다요."

나는 그렇게 대답한 후 치에미와 헤어졌다.

혼자 4학년 신발장 앞에 섰는데 바닥에 무언가가 데굴데굴 굴러다니고 있었다. 혹시 어제의 그 신발이 그대로 있는 게 아닐까 하는 생각에 가벼운 식은땀이 흘렀다.

그러나 가까이 다가가 보니 상황은 그보다 훨씬 더 나빴다. 엷은 핑크색 포인트가 있는 회색 신발과 흰 바탕에 감색 세로줄이 그어져 있는 신발. 아카네와 토오코의 실내화였다.

'카츠라겠지······.'

순간적으로 두 사람이 오기 전에 원래 자리에 가져다 놓을까 고민했다. 하지만 허리를 굽히고 나서야 만약 이 상황에서 두 사람이 나타난다면 내가 한 짓으로 오해할지도 모른다는 생각이 떠올라 멈칫했다. 현관 쪽에서 계속해서 "안녕." 하는 소리가 들려왔다. 당장 누군가가 유리문을 열고 들어올 것만 같았다.

나는 재빨리 신발장을 열어 내 실내화를 꺼낸 뒤 앞부리만 꿰찬 채 질질 끌면서 계단 밑까지 걸어갔다.

5분 후, 교실에서 대판 싸움이 벌어졌다. 슬리퍼를 신고 교실로 들어온 아카네가 자신의 실내화를 카츠라의 책상 위로 내던지며 몰아치기 시작했다.

"너 의외로 뒤끝 있다"고 말하는 아카네에게, 카츠라가 어색하게 "뭐가?" 하고 대꾸했다.

"너 도대체 뭐야?"

아카네는 완전히 이성을 잃고, 다시 한 번 실내화로 카츠라의 책상을 내리쳤다. 농구공으로 칠판을 때린 것 같은 엄청난 소리가 울려 퍼졌다. 교실에 있던 모든 아이들의 어깨가 동시에 움찔했다. 아카네 뒤에 서 있던 토오코마저 몸을 살짝 뒤로 뺐다. 그러든지 말든지 아카네는 쉬지 않고 쏘아붙였다.

"시치미 떼지 마. 너잖아! 나랑 토오코 신발, 신발장에서 꺼내 내동댕이친 거."

"무슨 소리야. 무슨 근거로 날 범인으로 모는데?"

카츠라는 끝까지 잡아뗄 모양이었다. 하지만 아카네가 절대적으로 불리하다는 걸 모두 알고 있었다.

"이거 선생님한테 말할 거야. 네가 한 짓 전부 다 들통 날 거야."

"그럼 이번 일은 네가 먼저 시작했다는 것도 전부 들통 나겠네."

교실 안에서 입을 벌려서 말하고 있는 사람은 둘밖에 없었다. 어제 본 애니메이션 이야기에 열을 올리던 남자아이도, 굳은 자세로 뜨개질 책을 보던 여자아이도, 혼자 책을 읽고 있던 아이도, 모두 아카네와 카츠라를 쳐다보고 있었다. 마침내 두 사람이 입을 다물고 서로를 째려보자, 팽팽한 공기가 교실 바닥의 격자무늬 구석구석까지 퍼졌다.

머리에서 피가 다 빠져나가는 듯했다.

'역시 신발을 제자리에 돌려놓는 거였어.' 하고 후회했다. 하지만 나처럼 굴러다니는 신발을 아무렇지도 않게 지나친 아이들이 꽤 있을 거라는 데 생각이 미치자, 다시 진저리가 났다.

'우리 반 정말 싫다. 지긋지긋해!'

바로 그때 누군가가 "아, 선생님." 하고 중얼거렸다. 오바 담임 선생님의 농구화 소리가 복도에 울려 퍼졌고, 그와 동시에 교실 의자가 분주하게 움직이는 소리가 났다. 물론 그 소리는 평소와 달리 금세 사그라졌다.

아주 길게 느껴졌던 짧은 순간이 지나고 마침내 교실 문이 열렸다.

"어, 너희 뭐 하니?"

선생님이 얼굴을 디밀었다. 카츠라의 자리는 문 바로 앞이었다. 팽팽하던 두 사람이 휘둥그레진 눈으로 선생님을 쳐다봤다.

슬쩍 시계를 훔쳐보니, 수업이 시작하기까지 아직 10분이나 더 남아 있었다.

'이상하다. 오바 선생님은 늦게 들어오실 때가 더 많은데.'

고개를 갸우뚱거리고 있는데, 사람의 그림자가 뒷문에서 스윽 하고 미끄러져 들어오는 게 보였다. 치코였다. 책가방이 없는 걸로 봐서 지금 등교한 건 아니었다. 치코는 몸을 수그린 채 제일 뒷자리에 앉았다. 다른 아이들은 선생님과 두 사람에게만 정신이 팔려 있어서 치코의 움직임을 전혀 눈치 채지 못했다.

설마 치코가 선생님을 불러왔을까? 치코는 의자에 앉자 평소처럼 조금 시선을 내리깐 채 앞을 보고 있었다. 국어 시간에 목소리가 작다고 혼나는 치코가 설마 그렇게 대담한 일을 한 걸까.

카츠라의 책상 위에 놓인 아카네의 신발을 본 선생님이, "아이고, 더러워라." 한마디만 하고 교탁 쪽으로 걸어갔다. 아카네는 무안한 표정으로 신발을 집어 들고서 교실 가운데에 있는 자기 자리로 걸어갔다.

"나 저런 애하고는 다시는 말 안 할 거야."

다음 쉬는 시간에 아카네가 이렇게 선언했다. 수다를 떨고 있는 여자애들 그룹에 일부러 껴서.

나와 토오코에게는 학생들이 거의 이용하지 않는 교무실 앞 여자 화장실에서 직접 말했다.

"카츠라 이제 '따' 시킬 거야."

토오코는 가볍게 고개를 끄덕이며 동의했지만, 나는 도무지 이해가 가지 않아서 아무런 대답도 하지 않았다. 이런 식으로 이상하게 '복수' 같은 걸 하니까, 나까지 나쁜 사람이 되는 것이라고 생각했다.

"센, 뭐 할 말 있어?"

아카네가 초조한 듯 나를 봤다. 새까만 고양이 눈이, 여차하면 나를 호수 바닥으로 밀어버릴 것처럼 보고 있었다. 아주 차갑고도 아주 깊게.

나는 습관적으로 고개를 끄덕이지 않게끔 목에 바짝 힘을 줬다. 아까 조용히 교실에 들어온 치코를 떠올리며 작게 숨을 들이켰다.

'용기를 내, 센!'

"……너무 대놓고 그러면, 이번에는 네가 나쁜 사람이 되잖아. 특별히 왕따 시킬 거 없이, 저쪽에서 말을 걸면 대답 정도는 하는 게 좋지 않을까."

말은 술술 나왔지만, 머리털은 쭈뼛쭈뼛 솟았다. 아카네가 아무 말 없이 내 눈을 뚫어지게 쳐다보고 있어서 더욱 긴장이 됐다.

하지만 아카네는 잠시 후 휙 하고 얼굴을 돌리며 이렇게 말했다.

"그럼 센은 그렇게 하든가. 센은."

다행히도 '따'는 나를 덮치지 않았다. 집에 돌아갈 때는 예전과 마찬가지로 셋이서 함께 갔다.

그러나 카츠라에게는 '왕따'의 벌이 떨어졌다. 애초 어느 그룹에도 속하지 않은 카츠라는 그 전까지만 해도 여자아이들과 말을 섞을 때도 있었지만, 이제는 아무도 대꾸해주지 않았다. 물론 카츠라에게는 친한 남자아이들이 있었다. 카츠라는 여전히 아무렇지도 않은 얼굴로 등교해서 걸걸하게 웃어댔다.

심지어 전과 다름없는 태도로 갑자기 여자아이들에게 말을 걸 때도 있었다. 그럴 때면 오히려 상대방이 깜짝 놀라, 자기도 모르게 대답을 하거나 멍하니 있는 것을 몇 번이나 목격했다.

카츠라는 내게도 태연스럽게 말을 걸어왔다.

"센리, 그거 암호? 있다 없다 퀴즈?"

사회 시간. 어느새 그 사건이 일어난 지 일주일이 지났다. 아카네와 토오코가 두 번째 페이지로 쓸 모조지를 고르러 교재실로 가는 바람에, 나는 혼자 남아 있었다(남자아이들이 있었지만, 늘 그렇듯 그 애들은 게임 이야기만 했다). 그때 마침 카츠라가 1미터짜리 자를 들고 내 옆을 지나갔다. 내 손에는 치에미의 노래 가사가 들려 있었다. 시간을 때우려고 공책에 끼적거리던 참이었다.

빨간 눈의 전갈
펼친 독수리의 날개
푸른 눈의 강아지
빛나는 뱀의 똬리

나는 한참동안 멀거니 카츠라의 얼굴을 바라봤다. 분명 얼빠진 표정을 짓고 있었을 거다. '말을 걸어도 난 무시하지 않을 거야, 따 시키지 않을 거야.'

열심히 생각했는데, 막상 그 순간이 다가오자 머리 회전이 멈추고 말았다. 아마 오랫동안 말을 하지 않고 있어서 그랬을 것이다.

하지만 카츠라는 공책을 손가락으로 가리키며 활기차게 말했다.

"나, 이거 알아."

그 한마디에 머리가 다시 돌아가기 시작했다. 의자에서 벌떡 일어날 정도의 기세로 "뭐? 뭐?!" 하고 몸을 들이밀자, 조금 누런 덧니를 드러내며 카츠라가 웃었다.

"별자리."

"어?"

내가 되묻자 카츠라는 단어를 하나하나 짚어가며 설명했다.

"전갈, 독수리, 강아지(작은 개), 뱀. 전부 별자리에 있는 동물들이잖아. 전갈자리에 붉은 별이 있으니까 '빨간 눈의 전갈'인 거지. 다른 건 잘 모르겠지만."

나는 나도 모르게 공책 끝을 움켜쥐었다.

"그렇구나. 그러네. 전혀 생각도 못했어."

그러자 카츠라는 "오빠가 별을 좋아해서 천체 망원경을 갖고 있거든." 하고 자랑스럽게 말하며 입을 씰룩거렸다. 그런 후에 내게 얼굴을 갖다 대고는 "무지막지하게 비싼 거. 그것만큼은 너무 커서 훔칠 수가 없지." 하고 속삭였다.

"그 말만 안 했으면 참 좋았을 텐데."

내가 그렇게 말하자 카츠라는 이번에는 이를 드러내지 않은 채 조용히 웃었다. 볼 살이 위로 쭉 올라갔다. 카츠라는 그대로 문 쪽에 시선을 던지더니, 아무 말도 하지 않고 자기 모둠으로 뛰어 갔다. 아카네와 토오코가 핑크색 모조지를 들고 온 참이었다.

"으아, 웬 핑크?"

이시바타가 투덜거렸다.

그러자 아카네가 "이 색 찾으려고 엄청 고생했어!"라며 엉뚱한 대답을 했고, 그와 동시에 카즈야가 "자, 이제 글자 위치를 정해 볼까." 하며 정리를 시작했다.

옆에서 나는 물끄러미 공책을 보고 있었다. 빨리 집에 가서 치에미에게 말해야지.

"네가 부른 노래, 그거 별자리지?"라고 말하면, 치에미는 깜짝 놀랄까. 내가 카츠라 말에 놀랐던 것처럼.

그날 밤은 잠이 오지 않았다. 치에미의 노래가 시작된 후에도. 자는 척하다가 갑자기 "별자리지!" 하고 외칠 생각을 하니 심장 이 두근거렸다. 쩨려보는 아카네 앞에서 말을 할 때보다 더 많이 땀이 났다.

"별자리!"

이불 속에서 잽싸게 빠져나와 치에미를 가리켰다. 치에미는 이

불 속에서 등을 살짝 움찔하더니, 곧 귀찮다는 듯 얼굴을 내밀었다. 담요 밖으로 얼굴을 반만 내민 채 나를 바라본다. 후회의 빛이 서린 내 눈을 치에미가 물끄러미 바라본다.

"……그렇긴 한데. 언니, 설마 이 노래 몰라?"

"뭐?"

그때까지 치에미가 작사, 작곡 했다고 믿었던 나는 그 질문의 의미를 파악하는 데 조금 시간이 걸렸다. 누군가의, 심지어 유명한 사람의 노래였던가.

어리둥절해하는 내게 치에미가 "미야자와 겐지(일본의 대표적인 아동 문학가이자 시인)"라고 한마디 툭 던졌다.

"그래?"

"그래."

"혹시 여태까지 수수께끼 노래라고 생각했던 거야?"

내가 고개를 끄덕이자 치에미가 큰 소리로 웃었다.

"뭐야, 진짜로? 이 노래를? 정말?"

"바보!" 하고 치에미가 소리쳤다. 그런 다음 그 길로 벌떡 일어나 내게 손짓을 했다. "이리 와 봐." 하면서 치에미가 바로 옆에 있는 장지문을 열었다.

부모님의 침실. 엄마 아빠는 아직 거실에 있는지 보이지 않았다. 구석에 이불이 개켜져 있고, 가운데에 암흑이 자리한 빈 공간이 있었다. 우리는 왠지 모르게 자세를 낮추고 살금살금 방으로 들어갔다.

"이거 봐."

치에미가 속삭였다. 손가락이 가리킨 곳, 천장 조명 오른편에 일곱 개의 작은 점이 빛나고 있었다. 전기 불빛이 아닌, 야광 칠에서 새어 나오는 어슴푸레한 빛이다. 그 빛이 수놓은 일곱 개의 점이 국자 모양이라는 건 바로 알 수 있었다.

"북두칠성?"

내가 묻자 치에미가 옆에서 살짝 고개를 끄덕였다.

"나 천식 있었잖아. 차가운 밤공기는 안 좋다고 해서. 별을 볼 수 없었거든."

"정말?"

전혀 몰랐다.

하지만 치에미가 어렸을 때 부모님의 보살핌을 받기 위해 안방에서 잤던 기억은 난다.

그러니까 그것은 치에미를 위해 부모님이 직접 천장에 붙여놓은 별이었다.

"그 노래도 엄마가 불러주신 거야. 언니는 쿨쿨 자느라 몰랐겠지만."

눈이 어둠에 적응됐는지, 옆에서 눈부신 듯 가짜별을 올려다보는 치에미의 얼굴이 보였다. 나는 "그렇구나." 하고 혼잣말을 하고는 두 팔로 무릎을 껴안았다.

치에미는 이불 속에서 엄마의 노랫소리를 들으며, 분명히 지금처럼 눈부신 표정을 지었겠지.

내가 모르는 표정이 아직도 많이 있을 것이다. 치에미에게도, 카츠라에게도, 우리 반의 다른 친구들에게도.

'그러니까 싫증내거나 슬퍼하기에는 아직 일러, 센!'

이렇게 생각하자, 오랜만에 마음이 편해지면서 곧장 눈꺼풀이 무거워졌다.

만화 속 별 모양으로 오려놓은 야광 스티커의 일곱 개의 별빛이 나와 치에미를 비추고 있었다. 언제까지나 눈부시게……

선생님 마음에
든다는 것

바닷새 한 마리가 나선을 따라 천천히 미끄러지듯 원을 그리며 날아간다. 이어 또 한 마리가 똑같은 곡선을 그리며 날더니, 둘이 바위 틈 사이로 숨는다.

'커플인가 보네!'

턱을 괴고 바라보는 바다는 오늘따라 유난히 고요했다. 겨울 바다치고는 드물게 바람이 자고, 낮은 물결 사이에서 햇살이 빛났다 사라졌다 했다. 빛은 내 눈꺼풀 속으로 가냘픈 잔상을 남기고 흩어져 갔다.

"따닥!"

눈부셔서 눈을 살포시 감으려는 순간, 딱딱한 것이 부러지는 소리와 함께 선생님의 목소리가 날아들었다.

"센리!"

발치에 분필 조각이 어지러이 흩어져 있었다. 앞뒤에서, 모든 아이들의 시선이 느껴졌다.

'앗, 분필 미사일에 또 당했네!'

내가 앉은 자리는 창가라서 좋지만 앞에서도 세 번째, 뒤에서도 세 번째인 한가운데라 이럴 때 불편하다. 얼굴과 뒷모습이 고스란히 드러나는 바람에, 꿀꿀한 기분을 숨길 수가 없다.

슬며시 고개를 들자 바로 앞에 선생님이 서 있었다. 오른손 끝에서 빨간색 분필과 연결된 커다란 컴퍼스가 반짝거렸다. 선생님은 부스스한 머리를 한번 긁적이더니 입을 열었다.

"뭘 그렇게 보고 있니?"

선생님의 새까만 눈동자가 나를 바라보자, 목소리가 쪼그라들었다.

"새요."

결국 조금 갈라진 소리가 나오고 말았다.

선생님이 나를 내려다보며 흠 하고 콧김을 내뿜었다.

"새가 내 수업보다 재미있니?"

"재미없어요……."

고개를 숙인 채 대답하자, 선생님은 그 자리에 웅크리고 앉아서 눈에 힘을 주고 아래에서 나를 올려다봤다.

"그렇지? 아름다운 수학 시간이다, 한눈팔지 말고 집중해."

남자아이들이 킥킥거렸고, 누군가가 "뭐가 아름다워요." 하며 투덜거렸다.

"어허, 방금 투덜댄 녀석 누구야?"

선생님이 일어서서 자리를 뜨려고 하자, 앞에 앉은 아카네가 손을 들었다.

"선생님! 던진 분필은 주우셔야죠. 신발이 더러워지잖아요."

내 쪽으로 몸을 돌린 아카네가 고양이 눈을 하고 선생님을 올려다봤다. 어른스럽게 자른 옆머리가 뺨 위에서 가볍게 찰랑거렸다.

선생님은 귀찮다는 듯 "네네." 하면서 허리를 굽혔다. 그러다가 눈앞에 드러난 아카네의 무릎을 보고 "으악!" 하고 놀란 듯이 소리쳤다.

"아카네, 이렇게 추운데 치마가 웬 말이냐. 다리를 다 내놓고. 바지 입어라, 바지."

"네? 뭘 입든 제 맘이잖아요. 그리고 제 다리 보지 마세요. 선생님, 변태."

아카네는 일부러 뾰로통한 표정을 지으며 말을 되받았다. 아카네가 지어 보이는 뾰로통한 표정은 참 귀엽다. 아마 본인도 잘 알고 있으리라. 하지만 선생님은 그 얼굴은 보지 않은 채 일어서서 반 아이들을 향해 말했다.

"겨울에 미니스커트 입어도 되는 여자애들은 아이돌뿐이다. 알겠나?"

선생님이 등을 보이자 아카네가 이번에는 진짜로 얼굴을 찌푸리며 부루퉁해졌다. 그 얼굴은 결코 귀엽지 않았다. 굳이 따지자면 조금 무서웠다.

"그래, 바지 덕분에 살아남은 소련의 포로 이야기를 해줘야겠군."

선생님은 주운 분필 조각을 칠판에 놓고 컴퍼스까지 내려놓았다.

"옛날에 친구 할아버지에게서 들은 이야기인데…….'

교탁 위로 몸을 내민 채 선생님이 이야기를 시작했다.

뒤에서 남자아이 둘이 작은 소리로 "얘기하다 보면 수학 시간 끝나겠다.", "앗싸." 하며 웃었다.

나는 턱을 괸 손을 풀고, 선생님의 눈을 똑바로 쳐다봤다. 눈이 마주치자 선생님은 덥수룩한 수염을 훑으며 조금 능글맞게 웃었다.

오바 선생님은 4학년 때부터 우리 반 담임선생님이었다. 선생님은 이전의 담임선생님들과도, 학교의 여느 선생님들과도 달랐다. 한마디로 '선생님답지 않다'고나 할까. 늘 구부정한 자세에, 리놀륨이 깔린 복도를 걸을 때는 다 닳아빠진 농구화에서 피식피식 바람 빠지는 소리가 난다. 더군다나 학부모 공개 수업의 날을 제외하고는 언제나 담배 냄새에 찌든 운동복 차림이다. 스물다섯 살 정도? 하지만 화가 나서 분필을 냅다 던질 때 말고는 패기라고는 눈을 씻고 찾아봐도 없다. 나는 선생님의 눈을 볼 때마다 항상 생각했다.

'저 눈꺼풀, 좀 더 위로 올라갈 수 있지 않을까…….'

수업도 대충이다. "3교시는……사회 시간인가. 준비도 안 했고 하니, 그냥 국어 해야겠다." 이런 식이다. 그렇게 대충하면서, 수업 시간에 딴짓하는 아이를 발견하면 그 즉시 분필을 날린다. 나도 열 번쯤 분필 미사일의 타깃이 됐는데 그중 두 번은 책상에 직격, 세 번은 내가 피하는 바람에 뒷자리의 아이가 '미사일받이'가 되고 말았다.

뭐니 뭐니 해도 오바 선생님을 대표하는 가장 큰 특징은 '딴소리'다. 시간표대로 수업을 하다가도 어느새 이야기가 옆길로 샌다. 이를 테면 분수를 설명하다가, 과자 '8분의 5 감자 칩' 이름의 유래로 슬그머니 빠지더니, 급기야 '인기 상품이란 무엇인가?' 하는 아무리 생각해도 초등학생에게는 어울리지 않는 어려운 강의로 돌진하는 식이다.

선생님의 동에 번쩍 서에 번쩍 이야기는 수업 시간을 몽땅 까먹기 일쑤여서 애들은 좋아했다. 물론 나도. 하지만 나는 선생님이 얘기해주는 딴소리의 내용도 아주 맘에 들었다. 학습지 〈챌린지〉에도, 과학 잡지 〈5학년의 과학〉에도 나오지 않는 신기한 이야기들…….

"다들 소련 알지? 옛날에 전쟁이 일어났을 때, 수많은 군인들이 소련에 포로로 잡혀갔어. 포로가 뭔지 알아? 쉽게 말하자면,

체스 게임에서 따낸 상대방의 말 같은 거라고 생각하면 돼. 암튼 그 포로들에게 옷이 지급됐어. 바지하고 윗도리, 그러니까 작업복 같은 것들이지. 그런데 각각 총 세 개만 선택할 수 있었어. 윗옷 두 벌에 바지 한 벌 혹은 윗옷 한 벌에 바지 두 벌 이런 식으로. 너희라면 어느 쪽을 택하겠니? 자, 토못페!"

선생님은 거기까지 쉬지 않고 다다다 이야기하고는, 교탁 바로 앞에 앉은 토못페에게 질문을 던졌다. 평소 뺀질거리는 토못페라면 농담을 할 게 뻔하다. 아니나 다를까, "윗도리 세 벌만 입고, 아래를 시원하게 드러내는 패션을 택하겠습니다!"라는 씩씩한 대답이 돌아왔다. 선생님은 그 말을 자연스럽게 무시하고 교실을 훑어보았다.

"모두 윗도리를 껴입어야 한다고 생각하겠지? 하긴 위에는 심장이 있으니까. 하지만 살아남은 쪽은 바지를 두 벌 겹쳐 입은 사람들이야. 바지를 한 벌만 입은 포로들은 추위를 견디지 못하고 죽었어. 하체를 따뜻하게 하는 게 그만큼 중요하단 뜻이지. 토못페 같은 녀석은 제일 먼저 '끽'이다."

선생님은 교탁 위에서 토못페를 가리키며 단칼에 잘라 말했다. 사형 선고를 받은 토못페는 "꾸엑!" 하고 배를 찔린 개구리 같은 소리를 냈고, 남자아이들은 재미있어 죽겠다는 듯 "우하하하!" 소리 내 웃었다.

나는 긴 인생을 살다 보면 혹시 포로가 될 일이 생길지도 모르니 그때 반드시 이 이야기를 떠올리겠다고, 진지한 표정으로 선생님의 말씀을 마음속에 새겨 넣었다.

"여학생들은 특히 더 하체가 중요하니까, 차게 하고 다니지 마라."

선생님은 이렇게 당부하는 말로 이야기를 마무리했다.

그 말을 듣고서 이 이야기의 발단이 미니스커트를 입은 아카네였다는 사실이 떠올랐다. 나는 아카네 쪽을 슬쩍 쳐다봤다. 바로 앞에 앉은 아카네의 등에서, '흥' 하고 코웃음 치는 것 같은 분위기가 느껴졌지만, 살짝 기울인 고개는 정확히 선생님을 향해 있었다.

결국 수학 진도는 두 페이지밖에 나가지 못한 채, 4교시 끝을 알리는 종소리가 울렸다.

"급식 당번, 가자."

선생님은 미련 없이 교과서를 덮고 당번을 불렀다.

복도 쪽 아이들이 일어나 선생님을 따라나섰다. 교무실과 식당이 모두 1층에 있어서, 4교시가 끝나면 선생님이 당번을 데리고 1층으로 내려갔다.

선생님과 아이들이 교실을 빠져나가는 순간, 아카네의 목소리가 들렸다.

"선생님, 또 변태 같은 소리 하시더라."

아카네 옆에는 어느 틈엔가 토오코와 리나가 와서 작은 소리로 떠들고 있었다.

"아아, '여학생들은 특히 하체가 중요하니까' 그 말?"

"야해, 꾸물꾸물해."

나는 셋의 대화에 끼려고 했지만, 어째서 '하체가 중요하다'는 말이 '변태'로 이어지는지 10초간 곰곰이 생각해봐도 이해가 되지 않아서, 하릴없이 그 자리를 떴다.

2월치고는 그렇게 춥지 않았다. 평소에는 창가 히터 쪽으로 몰리던 아이들이 교실 여기저기에 골고루 흩어져 있었다. 그 가운데에서 얼마 전까지 짝꿍이었던 치코를 발견하고, 슬그머니 다가갔다. 치코는 다른 여자아이들과 머리를 맞대고 무언가를 들여다보고 있었다.

"뭐 봐?"

내가 말을 걸자, 치코를 포함한 몇몇이 "뜨개질 책." "뜨개질." "머플러." 하고 각기 다른 대답을 했다. 아이들이 둘러싸고 있는 책상 위에는 잡지가 펼쳐져 있었다.

'밸런타인데이에는 정성 가득, 손수 만든 선물도 좋다!'는 제목 밑에 예쁘게 짠 머플러와 장갑 사진이 보였다.

"털실 얼마나 하나?"

누군가가 중얼거린 소리에 치코가 대답했다.

"스즈노네 쇼핑몰에 있는 100엔 숍에서 팔아. 색이 다양하진 않지만, 한 타래에 100엔이면 살 수 있어.”

그 말에 책상을 둘러싸고 있던 여자아이 너덧이 “싸다.”, “그럼 100엔으로 머플러 하나 만들 수 있는 거야?” 하며 술렁거렸다.

“아니, 타래 하나로 머플러를 짤 수 있는 건 아니니까, 조금 더 들긴 해.”

아이들의 반응에 당황한 듯 치코가 부연 설명을 하자, 좀 전에 반짝 술렁이던 흥분과는 정반대로 “에이.”, “어차피 200, 300엔으로는 뭣도 안 되겠네.” 하는 한숨 소리가 새어 나왔다.

극과 극으로 출렁대는 감정의 파도에 올라타지 못한 채 나는 눈만 끔뻑대고 있었다. ‘털실 한 타래에 100엔’이라는 사실에 대해서도 마찬가지였다. 내 인생과 털실의 상관관계를 찾아낼 수 없었던 것이다. 차라리 소련의 포로가 더 친근하게 느껴졌다.

아이들 틈바구니에서 고개를 들고 내 쪽을 쳐다보는 치코에게 어색한 웃음을 지어 보이며 한 발 물러섰다.

“오늘 급식, 산나물 우동이래. 맛있는 냄새 난다.”

괜히 오른발을 직 끌면서 그런 말을 내뱉었다. 머플러나 털실과는 아무 관계도 없는 이야기였다. 애당초 우동이 카레도 아니고, 3층에 있는 교실까지 냄새가 올라올 리 없었다.

‘이그, 이 바보!’ 하며 마음속으로 나무라고 있는데, 나와 눈이 마주친 치코가 “국물이 끝내줘요”라고 씽긋 웃으며 말해주었다. 배려심이 많은 아이다.

나는 더 이상 치코를 불편하게 하면 안 될 것 같아서, 슬그머니 뒷걸음질 치며 그 자리를 빠져나왔다. 내친 김에 자리로 돌아가 젓가락이 든 도시락 주머니를 꺼내, 조금 일찍 교실을 나왔다.

복도에서는 늘 그렇듯이 남자아이들이 걸레 야구를 하고 있었다. 걸레 공에 맞을까봐 조심조심 걸어가고 있는데, '픽' 하고 뒤에서 야구 방망이, 그러니까 빗자루가 뒤통수를 때렸다. 아프지는 않았지만, 쓰레기를 쓸어 담는 부분이 정확히 머리에 맞으면서 지저분한 소리가 났다.

"으악, 미안해!"

타자는 근처에 있던 이시바타였다. 금방이라도 쓰러질 듯한 소리를 내며 뒤돌아섰던 이시바타가, 내 얼굴을 확인하고는 언제 그랬느냐는 듯 제 목소리를 되찾았다.

"뭐야, 쎈이잖아."

"뭐야, 그 반응은?"

이시바타의 반응에 울컥 화가 치밀어 맞받아쳤지만, 이시바타는 "아, 미안 미안." 하고 형식적으로 사과하고선, 곧장 포수 쪽으로 돌아섰다. 나는 아무런 대꾸도 못하고 발길을 돌려 계단을 내려갔다.

따분하고 지루하고 심심했다. 식당에 가도 급식 당번들에게 방해만 될 것 같아 학교 안이나 기웃거릴까 생각했지만, 2층 도서실 앞은 저학년 꼬맹이들이 떠드는 소리가 울려서 시끄러웠고, 체육관에서도 별 다른 재밋거리를 찾지 못했다. 결국 나는 계단참에서 오른쪽으로 갔다, 왼쪽으로 갔다 하면서 게시판에 붙어 있는, 보건위원회에서 작성한 안내문을 열한 번이나 읽고 또 읽었다. 콜라에 든 설탕의 양이 각설탕 몇 개와 맞먹는다는 토막 지식을 얻긴 했지만, 식당에 들어갈 즈음에는 그마저도 잊어버렸다.

전교생이 모이는 구내식당의 6인용 식탁에 교실 모둠 단위로 앉았다. 담임선생님의 자리는 일주일마다 바뀌어서 대체로 한 달에 한 번은 선생님과 같은 자리에서 점심을 먹게 되었다.

그 주에는 마침 내 옆에 선생님이 앉았다. 우리 모둠 아이들은 쉴 새 없이 재잘거리며 식사를 하고 있었다. 내가 우동 건더기를 다 먹고 그릇을 들어 올리려고 하자, 맞은편에 앉은 아카네가 "센리, 국물까지 다 마시려고? 몸에 안 좋아요." 하며 웃었다. 아카네가 내게 웃어준 것은 꽤 오랜만의 일이었다. 덩달아 나까지 기분이 좋아져서, 4교시가 끝난 후 시간을 죽이며 학교 이곳저곳을 배회했던 일도 잊어버렸다.

"아카네, 국물 남길 거면 나 줘."

"……아, 뭐야, 센리, 왜 그렇게 자존심이 없어?"

우리의 대화를 들은 오바 선생님이 "하하하." 하고 큰 소리로 웃었다.

"아카네처럼 자존심이 세면, 그것도 피곤할 것 같은데."

선생님의 말에 아카네는 "선생님, 너무해요." 하고 소리를 높였지만, 입꼬리는 이가 다 보일 정도로 위로 치켜 올라가 있었다.

식사 시간이 끝났다는 방송이 흘러나오자 모두 자리에서 일어나기 시작했다. 선생님이 내 쪽을 보며 후다닥 말했다.

"센리, 너는 남아서 새치 좀 뽑아라."

선생님이 점심 시간 때 '새치 뽑기 담당'을 임명하는 일은 자주 있었다. 텅 빈 식당에 남아, 새치를 뽑는 친구들의 모습을 몇 번 본 적이 있었다. 남녀불문 하고 새치 담당에 걸렸는데, 저번에는 치코가 뽑혀 나도 옆에서 지켜보았다.

나는 고개를 끄덕인 다음, 일단 식기를 정리하기 위해 자리에서 일어섰다. 그때 아카네가 맞은편 자리에서 몸을 쑥 내밀면서 말했다.

"선생님, 수학 시간에 서비스 점수 주시는 거라면 제가 뽑을게요."

"서비스 점수라니, 그런 건 없다."

오바 선생님이 고개를 숙인 채 주머니를 찾으며 대답했다.

그때 마침 식판을 든 리나가 "아카네, 화장실 가자" 하고 말을 걸었다. 아카네는 말없이 일어섰다.

각 학년의 급식 당번들이 200명이 넘는 전교생의 식판을 척척 정리한 덕분에, 10분도 되지 않아 식당은 아주 깨끗해졌다. 방금 닦은 식탁은 새 공책처럼 하얗다. 이제 식당 안에 남아 있는 사람은 거의 없다. 주방 뒷정리를 하는 급식 위원뿐.

나는 선생님 뒤에 서서 뒷머리를 내려다보았다. 이미 뽑은 새치 네 가닥이 내 왼손에 쥐어져 있었다.

"앗, 또 찾았다!"

검은 머리카락 틈에서 반짝이는 것을 찾아내고서 손을 뻗치자, 선생님이 식탁 위의 담배를 집어 들면서 "으음"하고 신음을 냈다.

똑 하고 뽑자 "아야." 하는 작은 소리가 되돌아왔다.

"너무 뽑지 마라. 대머리 되니까."

선생님은 모순된 말을 흘리고는 담배에 불을 붙였다.

나는 "네에." 하고 건성으로 대답하고서 방금 뽑은 새치를 바라봤다. 불빛에 비추자 표면이 울퉁불퉁한 새치가 반짝거렸다. 창밖은 환했지만, 슬슬 눈이 내리기 시작했다. 아직은 포슬포슬한 눈이었다.

가슴 조금 아래쪽에서 선생님이 '후' 하고 크게 연기를 내뿜는 소리가 들렸다.

"센리. 넌 친구 없니?"

"글쎄요. 다 친구라고 생각하는데요."

"그래, 넌 모든 애들하고 얘기하니까."

선생님은 숨을 크게 들이쉬었다. 순간 폐가 울리는 쉿소리를 들은 듯했다.

달그락, 주방 쪽에서 플라스틱 식기가 부딪치는 소리가 울렸다. 그리고 이내 고요해졌다.

"……왜 계단에서 어슬렁거렸어?"

먼저 입을 뗀 사람은 선생님이었다. 나는 새치를 만지작거리던 손을 멈추고 선생님의 뒤통수를 쳐다봤다. 선생님의 뒷머리는 아무 표정도 담고 있지 않았다.

'아마 평소처럼 졸린 눈을 하고 계시겠지?'

"왜……그랬을까?"

나도 모르게 그 순간 떠오른 말을 그대로 입 밖에 내고 말았다.

선생님은 "어? 자기가 몰라?" 하고 변함없는 말투로 대꾸했다. 나는 잠시 생각에 잠겼다. 이미 기억 속에서 멀어지기 시작한, 좀 전의 주체하지 못했던 시간을 되새겨봤다.

"아카네랑 얘기하려다 관두고, 치코 자리로 갔더니 애들이 뜨개질 이야기를 하는데, 저한테는 잘 와 닿지가 않아서……."

아까의 일을 되짚어봤지만, 그 이상은 나오지 않았다. 말로 풀어 보니 '그 이상'은 처음부터 없었던 것 같았다.

"으음, 그렇구나."

선생님은 다시 연기를 토해냈다. 쌉쌀함을 머금은 향이 코에 닿았다. 선생님 냄새. 조금 닳고도 낡은 냄새다. 나는 그 향을 더 깊이 들이마시려고 코를 킁킁거렸다.

"꼭 토끼 같네."

선생님이 반쯤 혼잣말로 중얼거렸다.

창가에서 내리던 눈이 하얀 탁자 위에 그림자를 떨어뜨렸다. 창밖의 희미한 빛이 만들어낸 눈송이의 그림자와 식당 안 형광등 아래에 있던 선생님과 나의 그림자가 포개졌다. 우리들의 그림자는 떨어지는 눈 속에 있었다.

"담배 냄새 좋아하냐?"

선생님이 낮은 목소리로 물었다.

"네, 좋아해요."

"피워볼래?"

선생님은 탁자에 시선을 고정시킨 채, 담배를 든 오른손을 가볍게 들었다. 내 시선 끝으로 선생님이 피우던 담배가 불쑥 모습을 드러냈다. 불붙은 부분이 지글지글 타들어가면서 매 순간 재로 변했다. 그 모습을 물끄러미 쳐다보고 있는데, 선생님이 고개를 돌렸다.

울퉁불퉁한 손가락으로 덥수룩한 수염을 쓰다듬는다.

눈이 마주쳤다. 그 순간 나는 "네." 하고 경쾌하게 대답하며 새치를 바닥에 버리고 오른손을 내밀었다.

"이 바보야!"

먼저 제안했으면서도, 선생님은 몹시 당황하며 내 손바닥을 쳤다. '찰싹' 하는 소리가 아무도 없는 식당에 울려 퍼졌다.

"농담이잖아. 아무리 나 같은 선생이라도 5학년짜리한테 담배를 가르치진 않아."

장난을 치다가 꽃병을 깬 남자아이처럼, 선생님의 눈빛이 마구 흔들렸다.

나는 잠깐 동안, 손바닥에 남은 '찰싹'의 기억이라고나 할까 감촉이라고나 할까, 손바닥의 피가 저릿하게 도는 감각을 가만히 느끼고 있었다.

다시 선생님을 쳐다봤을 땐 어쩐지 우스운 생각이 들어서 소리 없이 웃고 말았다.

"너, 이 녀석, 선생님을 놀리면 못써."

살집이 별로 없는 뺨을 일그러뜨리며 선생님이 한숨과 함께 쓴 웃음을 지어 보였다.

나는 선생님을 놀릴 만큼 똑똑한 아이는 아니었지만, 변명은 하지 않았다. 아니 할 수가 없었다. 선생님의 아이 같은 모습을 본 게 기뻐서, 그런 것은 생각할 겨를이 없었다.

집으로 돌아가는 길. 포장도로에 얼기설기 눈이 쌓여 있었다. 하지만 밟으면 고스란히 아스팔트 도로가 드러났다. 나는 앞에서 걸어가는 아카네와 토오코의 발자국을 눈으로 좇으면서 천천히 걸어갔다.

눈발은 점점 굵어졌다. 앞서 가던 두 사람의 발자국 위에도 하얀 반점이 무늬를 그리며 내려앉았다. 차가워진 손끝을 녹이려고 장갑 위로 입김을 후후 불어 보았지만 소용없었다. 입김도 금방 얼어붙었다. 하지만 오른손을 보자마자 아까 선생님의 '찰싹'이 떠올라서 두 뺨이 달아올랐다.

아카네와 토오코는 여전히 들떠 있었고, 눈 위에서 익숙하게 서로 밀치며 장난을 쳤다. 두 사람의 대화가 띄엄띄엄 내 귀에 닿았다.

"초콜릿 살 거야?", "만들어?", "언니한테 배워서……." 등등.

다음 주 초로 다가온 밸런타인데이 이야기를 하는 모양이다.

"그래서 토오코는 누구한테 줄 거야?"

"글쎄, 일단 오빠한테 줘야겠지. 카즈야 주고. 그리고 토못페한테도 줄까?"

토오코의 대답에 아카네가 갑자기 귓속말을 한다. 내게까지 들리지는 않았지만, 그 한마디에 토오코가 갑작스레 동요하고 있음을 알 수 있었다. "아냐. 아니라니까!" 하고 팔을 흔들며 토오코가 소리쳤다.

"그런 거 아니야. 그냥 소꿉친구라니까!"

"에이, 또 그런다."

아카네는 후후 웃으며 대꾸했다. 당황하는 토오코의 목소리에서도 왠지 들뜬 기운이 느껴졌다.

3학년이 되면서부터 2월만 되면 이런 대화가 반복되었고, 나는 언제나 말없이 듣기만 했다. '밸런타인데이' 행사에 흥분하는 토오코와 아카네의 반응이, 아까 치코와 아이들이 늘어놓았던 털실 이야기처럼 내게는 와 닿지 않았다.

물론 '밸런타인데이'가 남자에게 초콜릿을 주는 날이라는 것쯤은 알고 있었다. 하지만 딱히 마음 가는 남자애도 없고, 동네 친구라 해도 이시바타처럼 서로 있어도 그만, 없어도 그만인 애들만 있어서 애써 초콜릿을 줘야겠다는 생각은 들지 않았다.

나는 두 사람의 대화를 풍경의 일부처럼 흘려듣고 있었는데, 갑자기 토오코가 뒤를 돌아보며 물었다.

"그럼 센리는? 올해는 누구 안 줘?"

토오코의 양 갈래 머리 옆으로 빨갛게 물든 귀가 보였다. 추위 때문은 아니라는 걸 알 수 있었다. 토오코 옆에서 아카네가 가볍게 돌아봤다. 아카네의 고양이 눈이 흥미진진한 빛을 발하며 나를 살폈다.

"난……."

너무 갑작스러워서 바로 대답이 나오지 않았다. 두 사람은 발걸음을 멈추고 내 대답을 기다렸다. 그러나 바로 앞에 떨어진 눈이 땅에 닿아 사라질 동안 만큼의 아주 짧은 시간이 흐른 뒤에, 아카네가 치켜들고 있던 코를 홱 돌렸다.

"센리가 누구한테 초콜릿을 줄 리가 없지. 쎈이잖아."

토오코에게 한 말이었지만, 그 말은 곧바로 내 가슴에 날아와 꽂혔다.

'쎈이잖아'에 담겨 있는 의미를 따지기 전에, 말투에서 느껴지는 약간의 경멸감, 작은 동정심, 툭 하고 내뱉는 어조가 가슴을 서늘하게 만들었다.

"말 돌리지 말구. 토오코가 좋아하는 사람, 카즈야지?"

아무 일도 없었던 것처럼 아카네가 긴 머리를 휙 날리며 다시 토오코를 향해 돌아섰다. 아카네가 가볍게 어깨를 치는데도, 토오코는 뭔가 말하고 싶은 표정으로 내게서 시선을 거두지 못했다. 나는 토오코의 시선을 끊으려는 것처럼 고개를 확 숙였다.

결국 토오코도 고개를 돌렸다. 곧이어 다시 즐거운 목소리로 깔깔거리는 토오코의 목소리가 들리기 시작했다.

"그럼 아카네는? 좋아하는 사람 누군지 말해주면, 나도 말할게."

나는 두 사람의 책가방 위에 쌓인 눈을 물끄러미 바라보았다. 그러면서 머릿속으로 '쎈이잖아'라는 말을 세 번 정도 되감기했다. 아카네의 목소리로!

쎈이잖아······. 쎈이 어떻다는 걸까. 다른 사람과는 다르다는 걸까. 내가 남자애를 좋아하지 않을 거라고 단정 지은 걸까, 아카네는.

순간적으로 속으로나마 그건 아니라고 반박했지만, 생각해보니 아카네의 말이 맞는 것 같았다. 누군가를 좋아하는 마음, 초콜릿을 선물하고 싶어 하는 마음을 나는 솔직히 이해할 수 없었다.

웬지 앞으로도 계속 그럴 것만 같았다.

나풀나풀 내리는 눈이 두 사람과 나를 갈라놓았다. 새하얗고 엷은 막 너머로 나란히 멀어져가는 빨간 책가방 두 개가 보였다. 그 순간 나는 내가 완벽하게 외톨이라고 생각했다.

외톨이까지 진행된 내 생각을 멈추게 한 것은 아카네의 조심스러운 듯 커다란 목소리였다.

"난 선생님께 드릴까 해."

"뭐?"

아카네의 목소리도 컸지만, 놀란 토오코의 외마디 외침이 그보다 훨씬 더 컸다. 그 외마디 말이 눈 쌓인 샛길로 퍼졌다가 이내 하늘 사이로 사라졌다. 마을 경계선, 늘어선 집들이 끊기는 곳은 산기슭까지 눈이 새하얗게 쌓여 있다.

"선생님한테 드리는 건 우정 초콜릿이잖아."

토오코의 물음에 아카네는 대답하지 않았다. 대답 대신인 듯, 어깨 너머로 나를 힐끔 쳐다봤다.

"남자애들한테 줘봐야, 나중에 못 받을 게 뻔하고. 아아, 토오코처럼 마음에 꽂히는 남자친구가 있으면 돌려받을 거 생각 안 하겠지만! 나는 딱히 좋아하는 사람도 없는걸."

아카네가 담담하게 말하자, 토오코는 아리송하게 "아아……어? 응." 하는 소리만 냈다.

"잠깐, 아니 난 카즈야를 그냥……."

토오코가 말을 얼버무리면서 아카네의 팔을 잡았고, 두 사람은 다시 아옹다옹하면서 걸어갔다.

나는 니트 모자를 쓴 아카네의 뒤통수를 멀거니 바라보았다. 아카네가 한 말은 나도 잘 이해가 되지 않았다. 단순히 돌려받기 위해 선생님에게 초콜릿을 주겠다는 것인지, 아니면 선생님을 어느 정도는 (토오코가 어릴 때부터 친하게 지낸 카즈야를 좋아하는 마음과 비슷하게) 좋아하고 있다는 것인지, 확실히 이해되지 않았다.

하지만 한 가지는 알게 되었다. '선생님에게 초콜릿을 줄 수도 있다'는 것을. 같은 반 남자아이나 가족뿐 아니라, 선생님에게 선물해도 괜찮은 것이다. 그건 정말 몰랐다.

사거리가 보이자 나는 인사를 하고 두 사람과 헤어졌다. 그리고 우리 집까지 이어진 자갈길을, 도시락이 달그락거리도록 뛰었다. 가슴이 두방망이질 치고 뺨이 불타는 것처럼 뜨거워졌다. 하얗게 변한 숨결이 내 뒤로 흩어지고 있었다.

다음 날은 금요일이었다.

수업 시작 전, 나는 창가 히터에 손을 녹이면서 치코와 수다를 떨고 있었다. 치코는 평소처럼 어떤 이야기라도 방긋 웃으며 들어주었다.

"근데 그때 '코라쿠' 중국집의 남편이 들이닥치더니……"

나는 어제 텔레비전에서 본 '세상살이 원수천지'라는 드라마 이야기를 하고 있었다. 치코는 "정말? 그렇구나!" 하며 중간 중간 맞장구를 쳐줬다.

그때 리나가 다가왔다. 몸을 녹이러 온 줄 알고 우리는 "안녕." 하며 인사를 건넸다. 그러자 리나가 무뚝뚝하게 종이 한 장을 치코 앞에 내밀었다.

"이거 아카네가 여자애들한테 돌리라고 해서. 치코랑 센리가 마지막이니까, 보고 체크한 다음 아카네한테 돌려줘."

리나는 할 만만 끝내고서 책상 사이로 부리나케 빠져나가더니 다른 여자아이들 쪽으로 가버렸다. 나는 치코가 받은 종이를 들여다봤다.

흰 고양이 캐릭터가 그려진 메모지였다. 열세 명의 이름이 적혀 있고, 그 옆에 읽었다는 표시를 할 수 있도록 확인란이 그려져 있었다. 제일 밑에는 〈이 쪽지를 돌린 사람 → 아카네〉라고 쓰여 있었다. 우리 반 여자아이는 전부 열넷, 아카네 본인을 포함한 전원의 이름이 메모지에 적혀 있었다. '별걸 다 하네.' 하고 감탄했지만, 내용은 달랑 세 줄뿐이었다.

"친구들아 부탁할게. 나 선생님께 초콜릿 드릴 거니까, 너희는 초콜릿 드리지 말아줘. 내 초콜릿을 우정 초콜릿이라고 생각하시면 너무 슬플 것 같아(ㅠㅠ)."

언뜻 보기에 그것은 정중한 '부탁' 같았다.

치코가 내 귀에 대고 속삭였다.

"우와, 아카네, 선생님 좋아하나봐? 전혀 몰랐네!"

나는 치코 말에 애매하게 한 번 고개를 끄덕이고선 고개를 들었다. 교실 뒤편, 여자아이 두셋과 함께 사물함 근처에 몰려 있던 아카네의 눈과 딱 마주쳤다. 아카네는 무표정한 시선으로 나를 관찰하듯 쳐다봤다. 검정색 긴 양말 위로 드러난 무릎도 내 쪽을 향해 있었다. 시선을 피하기도 어색해서, 일부러 3초 정도 아카네의 눈을 바라봤다. 그런 다음 치코 쪽으로 고개를 돌리고 다시 드라마 이야기를 이어나갔다.

다음 쉬는 시간, 웬일로 혼자 화장실에 가는 아카네를 복도에서 불러 세웠다. 종이를 돌려주기 위해서였다.

"이거 받아." 하고 종이를 내밀자, 아카네가 가만히 내 눈을 바라봤다. 그 눈에 힘이 잔뜩 들어가 있었다.

"센리도, 알았지?"

종이만 주고 바로 교실로 돌아갈 생각이었는데, 아카네가 추궁하듯 말을 꺼내자 순간 움찔했다. 아카네가 말한 "알았지?"는, '선생님께 초콜릿 안 드릴 거지?'라는 의미라는 걸 바로 이해했지만, 나는 아무 대답도 하지 않고 가만히 서 있었다.

"센리도 안 하는 거다?"

아카네의 다짐하듯 다시 묻는 말투는 어디까지나 귀여울 뿐, 옥박지르는 느낌은 없었다. 하지만 나는 발끈했다.

'어제는 쎈이니까, 했으면서. 나를 무시했으면서. 정중하게 부탁하는 척하면서 나를 견제하는 거잖아.'

나는 다시 한 번 메모지를 봤다.

'친구들아 부탁할게'라고 써 있지만, 그것은 '명령한다'였다. 자신의 명령을 거스를 사람이 없다는 것을, 아카네는 잘 알고 있었다.

"나, 선생님께 초콜릿 드릴 거야."

나는 아카네에게 종이를 들이밀며 말했다. 눈이 휘둥그레지면서 아카네가 "뭐?" 하고 소리를 높였다. 어제 토오코가 그랬던 것처럼.

"쎈리? 왜?"

나는 화가 나서 종이를 아카네 가슴팍에 밀어붙이고, 그대로 돌아섰다.

그리고 그날, 아카네와 토오코는 나를 부르지 않고 둘이서만 집에 갔다. 초등학교에 입학한 지 5년 만에 처음 있는 일이었다.

일요일, 가족과 함께 들른 국도 변의 슈퍼마켓 한구석에서, 나는 주머니에 손을 찔러 넣은 채 꼼짝 않고 서 있었다. 페트병이 든 상자가 산더미처럼 쌓여 있던 초라한 공간에, 지금은 '밸런타인데이'라는 영어가 적힌 (아마 그렇게 읽을 것이다) 금색 간판이 걸려 있고, 선반에는 스티로폼을 잘라 만든 납작한 하트가 덕지 덕지 붙어 있었다. 층층으로 진열된 물건은 초콜릿이었다. 하지만 사탕처럼 빨갛고 파란 은박지로 개별 포장된 초콜릿은 엄청나게 싸구려처럼 보였고, 그저 상자 크기에 따라 가격을 매긴 것처럼 보였다.

마음에 들지는 않았지만, 그중에서 300엔짜리를 골라 집어 들었다. 가로로 글자가 새겨져 있는, 담뱃갑처럼 생긴 상자에 들어 있는 스틱형 초콜릿이었다. 흔들어 보니, 달그락하고 진짜 담배 개비가 구르는 듯한 소리가 들렸다. 나는 다른 초콜릿은 더 보지도 않고 그것을 바구니에 담았다.

그 길로 초콜릿 이벤트 코너를 벗어나, 평소처럼 과자 진열장을 향해 냅다 뛰었다. 그리고 항상 먹는 과자를 열심히 바구니에 던져 넣었다. 위장인 셈이었다. 엄마와 여동생, 그리고 혹시라도 그곳을 지나쳐갈지도 모르는 반 친구에게, 담뱃갑 초콜릿의 존재를 들키고 싶지 않았다.

나는 그날 밤 도시락 주머니에 초콜릿을 감추었다. 문득 나처럼 책가방에 초콜릿을 넣고 있을 아카네가 떠올랐다. 아카네는 분명 슈퍼마켓 구석의 초라한 이벤트 코너가 아닌, 앙증맞은 메모지를 사는 화려한 잡화점에서 초콜릿을 골랐겠지. 하지만 내 담뱃갑 초콜릿도 그에 뒤지지 않아. 선생님에게 잘 어울리는 걸

골랐으니까.

　다음 날 아침은 지독하게 추웠다. 코를 훌쩍이며 교실에 들어섰을 때는, 벌써 여기저기서 초콜릿 증정식이 거행되고 있었다. 아이들을 잘 웃기는 토못페가 이미 다섯 상자를 쌓아 놓고 신 나게 떠들고 있었다.

　내가 자리에 앉자, 옆자리 남자아이가 "센리, 나한테 우정 초콜릿 없어?" 하고 물었다.

　"없어"라고 단칼에 자르자, "구두쇠!" 하더니 옆으로 돌아서서 반대편에 앉은 남자아이와 게임 이야기를 시작했다. 그래도 여전히 들뜬 모습으로, 여자아이가 지나갈 때마다 친구와 둘이서 힐끔힐끔 쳐다봤다.

　하릴없이 창밖을 바라보고 있는데 치코가 다른 여자아이와 함께 히터기 옆으로 다가왔다. "안녕." 하고 말을 걸었지만 치코는 그늘진 얼굴로 말없이 고개를 숙였다. 옆에 선 아이가 치코의 어깨를 툭 치더니 창 쪽으로 몸을 돌리게 했다.

　'아아, 그렇구나! 아카네가 주말에 전화를 돌려 날 무시하라고 말했구나.'

　어느 정도는 예상했지만, 치코마저 나를 외면하자 슬퍼졌다.

　턱을 괴고 앞자리를 바라보는 동안, 아카네를 향한 분노가 점점 치밀어 올랐다.

앞자리, 아카네의 책상 위엔 아직 교과서가 없다. 차가운 철 서랍이 떡 하고 입을 벌리고 있을 뿐이다.

나는 교실을 나왔다. 현관에서 기다리다가 아카네를 만나면 한마디 해줄 작정이었다. '비겁해, 선생님이 알면 너한테 실망하실 거야' 등등 아카네가 상처 받을 만한 말을 떠올리면서 계단을 내려가는데, 밑에서 위로 뛰어 올라오는 발소리가 들렸다.

곧이어, 뛰어 올라온 아카네와 계단참에서 딱 부딪쳤다. 너무 놀란 나머지 준비한 말들을 전부 잊어버리고 말았다. 아카네는 내 얼굴을 보고 "아." 하고 작은 소리를 내뱉더니 고개를 숙이고 그대로 나를 지나쳐 뛰어갔다. 믿기 어려울 정도로 빠른 발걸음 소리가, 뼈 속까지 추위가 스며들 것 같은 계단 주위를 한동안 떠돌았다.

나는 그 자리에 못 박힌 듯이 서 있었다. 아카네는 새빨개진 얼굴로 눈초리를 치켜 올렸지만, 금방이라도 눈물을 흘릴 것처럼 눈동자는 촉촉하게 젖어 있었다.

나중에 들어서 알게 되었다. 아카네는 이른 아침부터 직원 현관에서 선생님을 기다렸다고 한다. 출근한 선생님에게 초콜릿을 내밀었지만, 선생님은 "학생에게는 초콜릿을 받을 수 없다"며 차갑게 한마디 내뱉고는 교무실로 사라져버렸다고 한다.

여자아이들은 저마다 너무 심하다, 냉정하다면서 야단을 떨었다. 선생님이 교실에 들어서자, 분위기는 더 얼어붙었다. 아침 인사를 하는 아이들은 거의 남자아이들밖에 없었다.

1교시가 시작됐지만 아카네는 계속 고개를 옆으로 돌리고 있었다. 나는 연신 아카네를 훔쳐봤다. 아카네는 무서운 표정으로 바깥을 내다보고 있었다. 눈보라를 몰고 온 하늘이 창밖에서 윙윙거리는 소리를 냈다. 아카네는 화가 난 표정을 하고 있었지만 울지는 않았다. 나는 좀 전에 계단에서 마주친 새빨간 얼굴을 떠올렸다. 아카네가 저번 주 집으로 돌아가는 길에, '초콜릿을 돌려받기 위해서'라고 했던 말은 어디까지나 부끄러운 마음을 감추기 위한 것이었음을 깨달았다.

나는 천천히 점심을 먹고, 마지막까지 식당에 남았다. 선생님에게 드릴 담뱃갑 초콜릿은 아직 도시락 주머니에 들어 있었다. 아카네의 이야기를 듣고 그만둘까도 생각했지만, 일단 계획대로 시도해보자고 마음을 굳혔다. 하지만 식사를 마친 아이들이 모두 나간 뒤에 주위를 둘러보니 선생님의 모습은 보이지 않았다. 저번 주와 달리 이번 주는 선생님이 우리 모둠에서 먼 자리에 앉는 날이라, 그만 놓치고 만 것이다.

서둘러 교무실로 달려가 창문을 통해 안을 들여다봤다. 하지만 선생님은 보이지 않았다. '무슨 일이지?' 하며 식당으로 돌아가 두리번거리고 있는데, 식판 반입구의 유리문 밖으로 사람 그림자가 보였다. 선생님이었다. 눈보라를 맞아 더 부스스해진 머리. 선생님은 그곳에서 담배를 태우고 있었다.

"선생님." 하고 부르면서 유리문을 열자, 눈가루가 휙 불어 닥쳤다. 유리문 입구 위에 지붕이 있었지만, 제법 많은 눈이 바람에 날아왔다. 선생님이 뒤를 돌아보며 "아, 들켰네" 하고 말했다.

식당 뒤편은 주차장이고, 높은 담장 너머로는 바다가 보인다.

바닷소리가 요란했다. 눈발 사이에 물보라가 섞여 있는지 얼굴이 조금 따가웠다. 구름이 낮게 깔려 있었지만 그래도 하늘은 높고 멀고 하얗다.

"왜 이런 데 계세요?"

나는 입가에 달라붙은 눈을 닦으면서 물었다.

"그냥."

선생님은 낮게 중얼거리면서 짜리몽땅한 담배를 발치로 던졌다. 그러더니 나를 보면서 "아, 이거 나중에 주울 거다"라고 덧붙였다.

나는 손을 등 뒤로 돌려 유리문을 닫았다. 선생님은 불편하지 않을 만큼의 침묵을 지키고 있었지만, 미간에는 깊은 주름이 잡혀 있었다. 선생님의 시선이 바다 너머로 떨어졌다.

"아카네가 뭐라고 하든?"

담배꽁초를 발로 비비면서 선생님이 물었다. 하얀 눈가루가 흩뿌려진 콘크리트 위로 까만 재가 흩어졌다. 나는 아무 대답도 하지 못했다. 철썩, 파도가 암벽에 부서지는 소리가 들렸다.

내가 말없이 있는 것을 선생님은 다른 의미로 받아들인 것 같았다. 주머니에서 담배를 꺼내며 살짝 얼굴을 찡그린 채 웃었다.

"어릴 때부터 참 무섭구나, 여자는."

나는 피식 웃으려고 했지만 선생님의 이어진 한마디에 꼼짝없이 가로막히고 말았다.

"……미안하다, 너도 여자였지."

잊고 있던 것을 문득 떠올린 듯한 말투에 가슴이 아팠다. 아픈 가슴에 탕탕 못질을 하듯 선생님이 이어 말했다.

"작년에 초콜릿을 몇 개 받았거든. 여자 친구가 그걸 보고서는 난리도 아니었어. 그래서 올해부터는 아예 하나도 안 받기로 작정했지."

맥박이 빨라졌다. 초콜릿 선물을 계획했을 때의 기분 좋은 떨림은 이제 없었다. '여자 친구'라는 단어가 선생님 입에서 아무렇지도 않게 튀어나온 데 대한 충격을 필사적으로 감추면서, 나는 할 말을 찾았다.

"아카네한테 그렇게 설명해주셨으면 좋았잖아요."

눈발 때문에 오른쪽 뺨이 떨리기 시작했다.

"응, 뭐, 그랬을까."

선생님은 애매하게 답하고는 라이터를 꺼냈다. 이런 곳에서도 불이 붙을까, 머릿속 한구석에 그런 생각이 들었다.

선생님은 담배를 물더니, 눈보라를 막기 위해 왼손으로 얼굴 앞을 가렸다. 라이터의 불빛이 선생님의 옆얼굴을 오렌지 빛으로 물들였다. 나는 그 어른스러운 몸짓에 넋을 잃었다.

선생님이 깊게, 깊게 연기를 빨아들였다. 그리고 내뿜었다. 연기가 하늘 위로 날아갔다.

"센리 초콜릿도 받을 수 없어."

더없이 시원시원한 목소리였다. 하지만 게슴츠레한 선생님의 시선은 내 오른손에 들려 있는 도시락 주머니를 정확하게 보고 있는 듯했다. 기분 탓인지도 모르겠지만.

"그런 거, 없어요."

도시락 주머니가 담뱃갑 초콜릿만큼 무겁게 느껴졌다. 바람이 휘몰아치는 바다 위로, 날아가는 새 그림자가 희미하게 보였다. 나는 입속에 퍼지는 쓴맛을 꾹 삼키며, 잠시 바다를 바라보았다. 선생님도 침묵했다.

'내 초콜릿은 받아주실 줄 알았는데…….'

기대감이 산산이 부서졌다.

선생님이 보기에는 나도, 아카네도 반의 똑같은 학생일 뿐이다.

'어떻게 하면 아카네보다 특별해질 수 있을까?'

철썩거리는 파도를 바라보며 나는 빠르게 생각했다.

'조금이라도 좋으니까 특별해지고 싶어. 아주 조금 마음에 드는 정도라도…….'

"선생님."

나는 선생님의 옷소매를 당겼다.

"담배 피워볼래요."

선생님은 후 하고 연기를 내뿜었다.

"이런 바보. 인마, 이거 얼마나 쓴지 알아?"

선생님은 어이가 없다는 듯 입을 삐쭉거렸다.

그 말을 무시한 채 나는 선생님을 계속 졸랐다.

"아무도 안 본다니까요."

선생님의 눈동자가 조금 흔들렸다. 그러더니 피우던 담배를 갑자기 내 쪽으로 쑥 내밀었다.

"어차피 콜록거릴 텐데."

얼굴 앞에 있는 담배를 나는 그대로 덥석 물었다. 씁쓸한 연기가 입속으로 흘러들었다. 숨을 들이쉬면서 폐로 연기를 빨아들였다.

"에헤헤 콜록콜록, 콜록콜록."

곧이어 죽을 것처럼 숨이 막혀왔다. 나는 곧바로 연기를 토해냈다.

선생님이 담배를 집어 들고 소리 내어 웃었다. "그거 봐라, 꼬맹이야." 하면서.

그러고는 그 자리에 웅크리고 앉아서 내 눈 밑을 훔쳤다.

"익숙하지 않으면, 연기가 눈으로 들어가거든."

선생님의 거친 손에 묻은 눈물은 연기 때문에 흘린 게 아니었지만, 아마 선생님은 눈치 채지 못할 것이다. 눈물이 바람을 타고 어디론가 날아가버렸다.

'최고로 괜찮은 학생이 될 거야. 선생님 마음에 드는 학생이 될 거야. 꼭!'

아까 물었던 담배의 습한 감각을 다시 느껴보려고 혀를 한번 날름 핥았다. 그 모습을 본 선생님의 눈초리에 짧은 주름이 잡혔다.

'선생님 미워요. 제 맘도 모르시면서 그렇게 웃기만 하고……'

앙다문 이 사이로 숨을 토해내니, 씁쓰레한 향이 희미하게 퍼져나갔다.

밤의
　　나팔꽃

꿈을 꾼다. 나팔꽃 봉오리를 양손으로 감싸고 있다.

손가락 사이가 조금이라도 떨어지지 않게, 오른손 손가락과 왼손 손가락을 꼭 맞댄 채 꽃봉오리를 감추고 있다. 누구에게 보이지 않으려고 감추는 걸까?

파란색 플라스틱 화분을 사이에 두고, 바로 내 앞에 웅크리고 앉은 아이는 짝꿍 요오이치로다. 내 눈은 꽃봉오리에 초점을 맞추고 있어, 바로 앞에 있는 얼굴도 잘 보이지 않지만, 가루를 뿌린 것처럼 군데군데 살색이 보이는 까맣게 탄 무릎은, 분명 요오이치로의 것이다.

나는 확신에 찬 목소리로, "요오이치로." 하고 이름을 부른다. 그리고 나팔꽃을 향해 시선을 떨군 채 말한다.

"나팔꽃 봉오리의 꽃잎이 오른쪽으로 말려 있게? 왼쪽으로 말려 있게?"

퀴즈처럼 묻는다. 하지만 나도 나팔꽃 봉오리가 어느 쪽으로 말려 있는지 모른다. 어느 쪽일까. 요오이치로는 의외로 답을 알고 있어서 바로 대답할 것만 같다.

고개를 드니 요오이치로가 뚫어질 듯 내 눈을 빤히 바라보고 있다. 그리고 기대한 것처럼 자신 있게 대답한다.

"왼쪽!"

눈을 뜨자마자 가벼운 죄책감이 몰려왔다.

'말도 안 돼, 남자 꿈을 꾸다니!'

친구들한테 말하면 분명히 "너, 요오이치로 좋아하는구나. 꿈까지 꾸고." 하고 놀릴 게 뻔하다.

하지만 나는 요오이치로를 좋아하지 않는다. 그 아이는 운동 좀 잘한다고 너무 으스댄다. 나와 같은 백 팀인데, 반에서 제일 운동을 못하는 내게 단체 경기를 할 때마다 불같이 화를 낸다. 그러면서도 수학 시간만 되면 태도를 확 바꿔서 "프린트 좀 보여주라, 마지막 한 문제라도 좋으니까, 응?" 하며 애교를 떤다.

머릿속으로 투덜거리며 계단을 내려가 목욕탕으로 향하는 동안, 오늘 1교시가 체육이라는 사실이 떠올랐다. 갑자기 눈앞이 캄캄해졌다.

그런 내 기분과는 상관없이, 목욕탕에서는 엄마와 동생 치에미가 서로 목소리를 높이고 있었다.

"미도리처럼 긴 머리가 좋단 말이야!"

"무슨 소리야, 넌 단발머리가 제일 잘 어울려!"

"좋은 아침."

나는 아침 인사를 건네며 두 사람을 지나쳐 세면대에서 내 수건을 집어 들었다. 엄마와 치에미는 순간 내 쪽으로 고개를 돌려 "좋은 아침"이라고 했지만, 곧장 티격태격 모드로 돌아갔다.

"머리가 길면 감는 거나 말리는 거나 다 귀찮잖아."

"그 봐, 엄마는 결국 자기가 귀찮으니까 반대하는 거잖아. 그 정도는 내가 할 수 있어, 애도 아니고!"

"4학년이면 애 맞거든!"

치에미는 요즘 머리를 기르고 싶어서 안달이다. 어릴 적, 몸이 약했을 때는 머리가 하늘하늘 길었었다. 그 모습은 정말로 그림책에나 나올 법한 가냘픈 소녀 그 자체였다. 하지만 지금은 그런 때가 있었나 싶을 정도로 햇볕에 타서, 성금 모금 광고에 나오는 '아시아, 아프리카의 아이들'과 비슷해졌다. 머리 길이도 어느새 반 토막으로 짧아져 있었다.

'머리 모양이 그렇게 중요한가? 엄마도 그 정도는 그냥 허락해 주지.'

그런 생각을 하면서 세수를 하고 뒤를 돌아보니, 두 사람은 아직도 옥신각신 중이었다.

'아침부터 힘이 넘치네!' 하고 멀거니 쳐다보고 있는데, 갑자기 목덜미를 잡아 채인 것처럼 말싸움에 휘말리고 말았다.

"언니 좀 봐. 머리 기른다고 쓸데없는 고집을 안 부리니까, 공부도 잘하고, 그러니까 선생님한테 예쁨 받잖아!"

엄마가 나를 예로 이용했다. 영문도 모른 채 수건을 들고 우두커니 서 있는 나를 치에미가 흘낏 쳐다봤다. 그러고는 작은 코를 살짝 쳐들고서 비웃었다.

"언니처럼 외모에 신경 안 쓰는 여학생이 어디 있어? 뻗친 머리를 하고 학교에 가는 6학년 여학생은 단 한 명도 없다고!"

아무 말도 안 했는데, 기습적으로 공격당했다. 오른쪽을 쳐다보니, '이와타 판금공업'이라는 글자가 박힌 거울 속으로 아톰처럼 삐죽 올라간 뒷머리가 보였다.

'뻗친 머리라……'

실제로 나는 뻗친 머리가 춤을 춰도 매만지지 않고 그대로 학교에 간다. 어떻게 해야 차분하게 가라앉힐 수 있는지도 모르겠고, 그런 것에 신경을 쓰다가는 지각을 하기 때문이다.

그러고 보니 친구들 머리는 항상 깔끔하고 단정했다. 남학생들은 짧은 머리가 눌려 있거나, 목덜미 털이 한쪽으로 쏠려 있기도 했지만, 여학생들의 머리카락은 모두 다 폴짝폴짝 춤을 추는 것처럼 찰랑거렸다.

나는 거울 속의 '아톰 뿔'을 쳐다본 뒤, 세면대 옆에 대충 굴러다니는 할머니의 빗을 집어 들었다. 파마 약 냄새가 코를 찌르는 빗으로 붕 뜬 머리를 빗어본다. 하지만 달라지는 것은 없다. 원래는 달라져야 할지도 모르지만, 나는 애초에 그 방법을 모른다.

엄마가 당황하며 "센은 그런 거 신경 안 써도 돼!"라고 했지만, 이미 늦었다. 뒷머리가 근질근질한 것이, 왠지 발가락 끝까지 간지러운 것 같은 기분이었다.

'6학년 중에 나 하나!'

"치에미, 네가 쓸데없는 소리를 하니까 언니가……."

거울 속 엄마가 뒤를 돌아본다. 하지만 도망칠 때 가장 발 빠른 치에미는 이미 그 자리에 없었다.

이따금 '뿔'을 만지작거리면서 학교로 향했다. 헝클어진 머리 정도야 시간이 지나면 원래대로 돌아오지 않을까 은근슬쩍 기대했지만, 학교에 도착해서도 머리는 계속 아톰 뿔 모양이었다.

등교 그룹 반장이었던 나는 내 뒤에, 뒤에 서 있는 치에미의 시선이 뒷머리를 만지는 내 손에 쏠려 있음을 느낄 수 있었다. 치에미는 끝까지 사과도 변명도 하지 않았다. '언니 머리 모양이 이상한 건 사실이잖아!'라고 생각하는 거겠지.

여자아이들의 반 이상이 교실 여기저기에 흩어져 수다를 떨고 있었다. 나는 그 아이들의 머리 모양만 따로 떼어내 유심히 살펴보았다. 자다 깬 머리 모양을 하고 온 애는 한 명도 없었다. 내 시선을 알아차린 치코가 자리에서 손을 흔들었다. 치코는 머리카락을 귀 옆으로 예쁘게 내려뜨려 묶고 왔다.

　나는 치코에게 가볍게 "안녕." 하고 인사를 한 다음, 교실 구석에 있는 책상 위에 책가방을 내려놓았다. 옆자리에서 따분하게 턱을 괴고 있던 요오이치로가 "놈!" 하고 짧게 인사를 했다. 수업 시작 전에는 항상 축구나 야구를 하느라 바쁜 요오이치로가 교실에 있다는 것은, 운동장이 엉망진창이라는 뜻이다. 어제 내린 비때문에 아직 땅이 축축하겠구나, 생각하면서 "놈!" 하고 똑같이 손을 들어 인사했다. 그러고서는 나도 모르게 그 손을 그대로 뒷머리로 가져가고 말았다.

　내 행동을 자각한 순간, 폭소를 터뜨리는 요오이치로의 목소리가 곧장 날아들었다.

　"그거, 그거, 뜬 머리. 진짜 웃겨."

　"어?"

　'남자애들도 이상하다고 생각했던 거야?!'

　나는 가벼운 충격을 받았다. 요오이치로가 자기 머리에 손을 대고 "부웅." 하면서 놀렸다.

　"뭐야, 1교시는 체육이고, 머리는 만져도 다시 뜨니까!"

　자리에 앉으며 가까스로 변명을 하자, 요오이치로는 웃음을 멈추고 냉정하게 지적했다.

　"근데 너는 체육 시간이 없는 날에도 머리가 '부웅' 해서 오잖아."

그 한마디로 나는 요오이치로가 매일 내 머리 모양을 관찰하고 있었다는 사실을 알게 되었다. 갑자기 뺨이 화끈 달아올랐다.

'빗어도 소용없는 걸'이라고 대꾸하려다 입을 다물었다. 그런 말을 했다가는 괜히 더 놀림을 당할 게 뻔하다.

샐쭉해져 있는 내 옆에서 요오이치로가 히죽 웃었다.

"이제라도 알았으니 다행이네. 내일부터는 가라앉히고 와."

이 아이는 웃으면, 눈초리가 실로 잡아당긴 것처럼 추켜올라간다. '올라간 눈, 내려간 눈, 고양이 눈'의 고양이 눈처럼.

"응, 그럴게."

나는 부풀어 오른 볼에서 바람을 후 하고 빼내며 그렇게 대답했다. 실은 요오이치로의 '고양이 눈'을 은근히 마음에 들어 하고 있었다. 숙제를 안 해와도, 교과서를 깜빡해도, 왠지 모든 걸 용서하게 만드는 고양이 눈.

'어쩌다가 그러겠다고 대답했을까? 머리 손질하는 법도 모르는데.'

하지만 요오이치로라면 왠지 알 것 같은 기분이 들어 "있잖아." 하고 말을 꺼내려는 순간, 치코가 뛰어왔다.

"센리, 이제 옷 갈아입으러 가야지."

시계를 보니, 1교시 시작종이 울리기까지 아직 15분이나 남아 있었다. "좀 이르지 않아?"라고 말하자 평소와는 다르게 강제로 "가자니까." 하며 치코가 작은 손으로 내 손목을 잡아끌었다. 나도 모르게 요오이치로를 쳐다봤지만, 요오이치로도 때마침 시작된 토못페의 게임 이야기로 주의를 돌리던 참이었다.

옷을 다 갈아입자 치코는 내 손을 끌고 화장실로 갔다. 그리고 나를 세면대의 작은 거울 앞에 세웠다.

"센리, 머리 매일 빗어?"

거울 속의 내 눈을 응시하며 치코가 물었다. 나는 조금 뜸을 들인 뒤 "빗기는 해"라고 대답했다. 빗기는 한다는 말의 속뜻을 알아차렸는지, 치코가 과장되게 한숨을 내쉬었다.

"센리, 이건 빗었다고 할 수 없어!"

평소에는 거의라고 말해도 좋을 정도로 자기주장을 내세우지 않는 치코가 그렇게 잘라 말하니 놀라고 말았다. 거울 속 치코를 봤다. 치코는 엉덩이 쪽 주머니 안에 손을 넣어 꼬물거리더니, 작고 빨간 플라스틱 빗을 꺼냈다. 귀여운 음반 모양의 빗이었다.

치코는 내 머리카락을 붕대처럼 동여매고 있을 뿐인, 체육 시간용 흰색 머리띠에 손을 얹더니 가만히 풀었다. 그러고는 새빨간 빗을 꽂았다. 스윽!

"가만히 있어."

치코의 작은 목소리에 나는 얌전히 고개를 끄덕였다.

빨간 빗이, 헝클어진 내 머리카락을 천천히 갈랐다. 생각과 달리 머리카락 뭉치는 간단히 풀렸다. 치코가 정돈해준 부분이 살랑살랑 가벼워졌다. 거울 속 치코는 다정하면서도 진지하게 내 뒷머리에 집중하고 있었다.

체육관 구석 고요한 화장실에서, 빗이 머리를 가르는 희미한 소리가 이어졌다. 바로 옆 탈의실에서 여자아이들의 웃음소리가 들렸지만 별로 신경 쓰이지 않았다.

회색 타일에 둘러싸인 시큼한 냄새가 나는 좁은 화장실에서 뭔가 성스러운 의식을 치르고 있는 듯한 기분이 들었다. 귀여운 팅커벨 요정이 별세계로 이동할 수 있는 마법을 우리에게 걸고 있는 듯했다.

'아톰 뿔' 부분에 접어들자, 치코는 수도꼭지를 틀어 빗에 살짝 물을 묻혔다. 나는 빗을 착착 흔들어 물방울을 털어내는 치코의 모습을 넋을 잃고 바라보았다.

"멋있어, 치코."

치코는 나를 힐끔 보더니, 조금 부끄러운 듯 눈을 내리깔았다.

"이 정도는 다 해."

나는 짐짓 눈을 감아보았다. 스윽, 빗이 한 번씩 지나갈 때마다 머리카락이 가벼워졌다. 머리카락뿐 아니라 손톱과 눈썹, 혹은 내 가슴 깊은 곳에 꽉 조여져 있던 나사까지, 몸속 작은 부분들이 점점 가벼워지는 것 같았다.

눈을 뜨자, 패션 헤어밴드를 한 것처럼 예쁘게 머리띠를 한 내 모습이 보였다. 하나뿐인 불투명한 유리창으로 어렴풋한 빛이 새어 들어오고 있었다. 그 빛이 내 머리 위로 흐릿한 원을 그렸다. 치코의 갈색빛이 감도는 머리카락 위로도 똑같은 원이 걸려 있었다. 치코가 거울 속의 내게 눈짓하며 생긋 웃었다. '자, 다 됐어' 하고 말할 줄 알았는데 그 대신 치코는 웃음을 머금은 채 이렇게 물었다.

"요오이치로 좋아하지?"

나는 뒤돌아서서 거울 속의 치코가 아닌 진짜 치코를 봤다. 치코는 나쁜 의도라고는 조금도 섞이지 않은 말간 눈동자로 나를 가만히 바라보았다. 장난으로 한 말이 아니다. 좀 전에 나와 요오이치로가 '뜬 머리'에 대해 얘기하는 걸 본 모양이었다. 머리가 가벼워진 나는 하마터면 응, 하고 인정할 뻔했다. 하지만 다행히 말을 뱉기 직전에 정신이 들었다.

"아냐."

눈앞에 아른거리는, 눈초리가 올라간 요오이치로의 웃는 얼굴을 뿌리치고 단호하게 부정했다. 체육 시간 때마다 요오이치로가 내게 했던 욕들을 필사적으로 떠올렸다. 릴레이 시합을 할 때마다 내게 퍼부었던 "이 굼벵이야!", 축구를 할 때면 튀어나오는 "넌 그냥 뛰기만 해, 방해하지 말고!" 같은 말들.

요오이치로를 생각할 때 제일 먼저 떠오르는 모습은, 차갑게 굳은 옆얼굴이다. 같은 남자라도 토못페를 생각하면 긴장감 없는 평퍼짐한 얼굴이, 카즈야를 생각하면 착한 아이처럼 미소 짓는 얼굴이 떠오르는데, 요오이치로는 무표정한 얼굴이 먼저 떠오른다.

　교실에서 토못페나 다른 남자아이들과 어울려 장난치고 놀 때가 많은데도 좀처럼 웃는 얼굴이 떠오르지 않는다. 아마도 내게 요오이치로는 '팀의 리더'이기 때문이리라.

　농구에서 드리블조차 제대로 못하는 나는, 체육 시간의 끔찍한 걸림돌이었다. 게다가 왜 그런지 요오이치로와 같은 팀이 될 때가 많았다. 릴레이, 소프트볼, 축구 등을 할 때마다 나는 몇 번이고 요오이치로의 눈치를 살폈고, 그때마다 요오이치로의 옆얼굴은 늘 싸늘했다.

　'그런 애를 내가 좋아할 리 없잖아. 암, 그렇고말고.'

　치코는 시간만 더 있으면 계속 추궁할 것처럼 입가에 여유로운 웃음을 띠고 있었지만, 다행히 수업 종이 울렸다.

　"가자, 수업 시작하겠어."

　내가 말하자, 치코는 "치." 하면서도 웃는 표정을 거두지 않았다.

　그러나 살았다고 생각한 건 순간이었다. 수업 종 뒤에 기다리고 있는 것은 요오이치로에게 혼나야 하는 체육 시간이었다. 하지만 그보다 더 당혹스러운 것은 장밋빛으로 뺨을 물들이고 있는 거울 속의 나를 발견했다는 점이었다.

요즈음 체육 시간엔 주로 육상 경기를 했지만, 어제 내린 비 때문에 운동장을 사용할 수 없어서 오늘은 농구를 하게 되었다. 홍, 백, 황, 청, 네 팀의 리더가 가위바위보를 해서 조를 짰다. 한 팀당 아홉 명이라, 팀 별로 넷, 다섯으로 나뉘어 두 번씩 시합을 하기로 했다.

"첫 번째는 황 팀과 하고, 두 번째 경기는 홍 팀과 한다."

하얀 머리띠를 두른 아홉 명의 아이들 한가운데에 요오이치로가 있었다. 자기가 무슨 감독이라도 되는 양 팔짱을 척 하니 끼고서. 요오이치로는 옛날 만화 영화에 나오는 로봇처럼 두 다리를 V자 모양으로 벌린 채 단단하게 체육관 바닥을 밟고 서 있었다.

'저거 봐, 왠지 잘난 척한단 말이야.'

한숨이 절로 나왔다. 그 소리를 들었는지, 요오이치로가 내 어깨를 난폭하게 왼쪽으로 밀었다. 나뿐 아니라 무질서하게 서 있는 팀원들의 어깨를 밀면서 병아리의 암컷 수컷을 구별하는 감별사처럼 재빨리 좌우로 갈랐다. 네 명씩 둘로 나누고, 마지막으로 자신이 한쪽 편에 섰다. 이것이 요오이치로가 팀을 짜는 방식이다.

누구도 이의를 제기하지 않는다. 전력이 치우치지 않게 정확하게 팀원을 나누기 때문이다. 백 팀에서 가장 실력이 없는 나는 매번 요오이치로와 같은 팀이다.

"그럼 첫 번째 시합 팀, 파이팅."

요오이치로가 외치자 맞은편에 서 있는 네 명이 고개를 끄덕였다. 우리는 코트 바깥으로 나가 벽 쪽에 붙어 섰다.

선생님의 호루라기 소리가 체육관에 울려 퍼졌다. 나는 그 자리에 털썩 주저앉아서 무릎을 감싸 안았다. 평소에는 치코가 내 곁으로 뛰어오지만, 노란색 머리띠를 두른 치코는 지금 코트 안에 있다. 그리고 내 옆에는 어쩌다 보니 요오이치로가 서 있었다.

화장실에서 치코가 했던 말을 떠올린다. 내 귀 바로 옆에, 햇볕에 그을린 요오이치로의 무릎이 있는데도, 가슴이 두근거리지 않았다.

'역시 아니야. 좋아하는 게 아니야.'

무릎을 감싸 안은 채로 살며시 고개를 들었다. 요오이치로는 가볍게 팔짱을 낀 채 코트 안을 주시하고 있었다. 요오이치로의 시선은, 공의 움직임을 좇고 있으면서도, 다른 무언가를 확인하려는 것처럼 날카롭게 빛났다. 칼을 쥐고 공격 자세를 취하고 있는 무사처럼.

"센리?"

요오이치로는 옆에 있는 것을 확인하듯 의문형으로 내 이름을 불렀다. 그러면서도 시선은 변함없이 코트에 박혀 있었다. 화들짝 놀란 내가 "아." 하고 얼빠진 대답을 하자, 요오이치로가 코트를 가리켰다.

"치코를 봐."

코트를 보고 있지 않았기 때문에 치코의 모습을 바로 찾기 힘들었다. 왼쪽, 우리 팀 골대 아래에 어수선하게 아이들이 모여 있었고, 그 안에서 이따금씩 공이 튀었다. 하지만 치코는 그곳에 없었다.

내가 당황한 것을 알아차렸는지, 요오이치로가 나를 내려다보며 "골대 쪽 말고, 저기 오른쪽." 하고 콕 찍어서 가르쳐주었다.

흰색과 노란색 머리띠가 섞여 있는 무리에서 조금 떨어진 곳에 치코가 홀로 서 있었다. 가운데에 그어져 있는 흰색 선보다 좀 더 오른쪽이다.

'왜 저런 곳에 있는 거지?'

그 순간 골대 밑에서 튄 공이 치코가 있는 쪽으로 힘차게 날아가기 시작했다. 황 팀의 누군가가 저 멀리 패스를 한 것이다. 조금 빗나가긴 했지만, 막는 사람이 없어서 치코는 손쉽게 공을 따라잡았다. 당황한 상대 팀이 골대 밑으로 뛰어오기 시작했지만, 거리가 너무 멀었다. 따라잡을 수 없는 거리다. 치코가 골대 밑에서 침착하게 슛을 쐈다.

"휘이익!" 하고 누군가가 휘파람을 불었다. "치코, 치코!" 하고 황 팀의 여자아이가 외쳤다. 그 와중에 요오이치로의 목소리가 서늘하게 귓가에 닿았다.

"동아리 활동을 안 하는 치코도 저 정도는 한다고. 예상치 못한 곳에 서 있으면."

"진짜?"

내가 되묻자 요오이치로는 등을 벽에 기댄 채 아래로 죽 미끄러지더니 그 자리에 털썩 주저앉았다. 눈높이가 같아졌다. 바람이 드나드는 체육관 창으로 아침 햇살이 한가득 쏟아져 들어왔다. 그 햇살 아래서 요오이치로의 눈이 나를 응시하고 있었다.

"너, 저거 해."

"응?"

내가 되묻자 요오이치로는 "그러니까 방금 치코가 한 것처럼 하란 말이야." 하고 조금 빠르게 설명했다.

"분명히 말하지만, 너는 공을 쫓아다녀봐야 별 소용이 없어. 저런 식으로 다른 아이들과 떨어진 곳에 있다가, 갑자기 흘러나오는 공을 잡으라고! 슛까지 쏘지 않아도 좋으니까 일단 잡아서 아무한테나 돌려. 아니다, 내가 뛰어갈 테니까 나한테 패스해!"

분명히 비밀 작전일 텐데, 요오이치로는 흥분해서 점점 말소리를 높였다. 내가 입을 꾹 다물고 있자, 요오이치로는 문득 정신을 차린 듯 침을 한 번 삼켰다. 그러고는 목소리를 낮추고 말했다.

"……알았지?"

대답이 곧바로 나오지 않았다. 요오이치로의 진지함과 반짝이는 눈빛에 살짝 압도되어서.

"응, 알았어."

나는 그때 비로소 요오이치로가 그저 거칠기만 한 남자애는 아니라는 걸 느꼈다.

체육 시간에 보여주는 차갑게 굳은 옆얼굴은, 그런 요오이치로의 진지한 태도가 겉으로 드러난 것뿐이다. 아무것도 못하는 내게 짜증을 내는 게 아니라.

실은 처음으로 짝꿍이 됐을 때 "국어 교과서 깜빡했다아"며 '고양이 눈' 웃음을 짓는 요오이치로를 봤을 때부터 조금씩 다른 감정을 느끼기 시작했는지도 모른다.

이윽고 시합 종료를 알리는 호루라기 소리가 울렸다. 4대 2. 황팀의 승리였다.

우리 팀 선수들이 돌아왔다. 제법 운동을 할 줄 안다는 사사모토와 유우에게 "공만 쫓아다니지 말고, 코트 구석구석까지 보란 말이야!" 하는 요오이치로의 질책이 쏟아졌다. 치코도 이마의 땀을 닦으며 흰 선 밖으로 나오다가 나를 발견하고서 손을 흔들었다. 하지만 내 옆에 요오이치로가 앉아 있는 것을 보자, 그대로 손을 흔들면서 다른 여자아이들 쪽으로 걸어갔다.

그제야 나는 화장실 거울 속에서 봤던 발그레하던 내 뺨을 떠올렸다.

중간 휴식 시간이 되어 선수들이 제각기 자리를 잡고 앉자 요오이치로의 열기 역시 아주 조금은 누그러졌다.

그래서 나는 무심코, 떠오른 대로 내뱉고 말았다.

"요오이치로, 나 아침이랑 달라진 거 없어?"

말을 끝낸 순간 갑자기 얼굴에서 불이 나는 것 같았다. 방금 내 목소리가 이상하게 여성스럽지는 않았는지, 평소 내 모습과 너무 달라서 연기처럼 보이진 않았는지, 여러 가지 부끄러움이 나를 덮쳤다.

요오이치로마저 눈을 깜빡이며 멍하니 있자, 머릿속이 하얘지면서 활짝 열린 이마의 모공을 제외한 모든 감각이 다 사라지는 것 같았다.

'아니야, 이건 아니야.'

그렇게 생각한 순간, 요오이치로가 입을 열었다.

"머리잖아. 예뻐졌네."

내 눈을 똑바로 바라보면서, 아주 당연하다는 듯이 그 한마디를 했다! 그 말이 치코의 빨간 빗처럼 뭉쳐 있던 내 마음을 스윽하고 풀어주었다.

요오이치로는 곧바로 코트로 눈을 돌렸다. 나도 그를 따라서 체육관 한가운데에 서 있는 선생님의 호루라기를 응시했다. 반들반들 닳은 공이 창으로 새어 들어오는 빛줄기를 튕겨내며, 선생님의 손에서 떠나갈 순간을 기다리고 있었다.

나팔꽃 봉오리가 오른쪽으로 말려 있는지, 왼쪽으로 말려 있는지 손을 펼쳐 확인한다. 내 손 안에 있는 선명한 청잣빛 꽃봉오리는 요오이치로의 대답과는 다르게 오른쪽으로 꽃잎을 봉긋하게 말아 올리고 있다.

하지만 "반대잖아"라고 말할 틈도 없이, 빙글빙글 고개를 돌리듯 나팔꽃이 피어난다.

"앗!"

정말 '앗'이라고 말할 수밖에 없다. 그것은 단순히 '알아챈 게' 아니라 아름다운 발견이었다. 오른쪽, 왼쪽, 청잣빛, 이런 게 아니라 내가 생각지도 못했던 것이 나팔꽃 안에 숨어 있었던 것이다. 한 점의 때도 묻지 않은 채 쭉 뻗은 순백의 꽃술.

나는 "하얗다"고 요오이치로에게 말한다. 요오이치로도 "하얗네"라고 대답한다.

정확하게 그 순간 눈이 떠졌다.

창문을 타고 들어온, 뜨거워지기 전의 그러나 충분히 눈부신 햇살이 코트 안에 사각형을 그렸다. 창 바깥쪽에 세워진 체육관 기둥이, 반짝이는 사각형 안에 커다란 엑스자 형 그림자를 만들었다.

그 빛 위로 공을 잡은 요오이치로가 달려간다. 바다든 육지든 따지지 않고 자유롭게 탐험하는 모험가처럼.

나는 비밀 작전대로 아이들이 몰려 있는 곳과 반대 방향으로 움직였다. 그렇게 조금 떨어진 곳에서 요오이치로를 보고 있었다. 보고 싶어서 보는 게 아니다. 거의 매 순간 요오이치로가 공을 잡고 있어서 그렇다.

눈빛을 교환하고, 빠져나간다, 패스하고, 달려가, 점프해서 공을 잡는다.

'멋져, 멋있어!'라고 자신도 모르게 생각하고선 일부러 미간에 힘을 준다.

"이 답답아!", "전혀 도움이 안 돼!"라는 욕을 떠올려본다. 자기는 뭐가 그렇게 잘나서? 고작 체육 수업 때문에 이런 말을 들을 이유는 없다고, 그렇게 생각하면서 말도 못하고 입술만 깨물던 수많은 순간들, 그리고 욱한 반감들.

'싫어!'

누군가가 요오이치로의 공을 쳐냈다. 토못페다. 빨간색 머리띠를 두른 토못페는 의외의 가벼운 몸놀림으로 반대 골대를 향해 달려간다. 모두들 내 쪽으로 달려온다. 나는 그 흐름을 거슬러, 백팀 골대를 향해 달렸다. 요오이치로와 스쳐 지나갔지만, 그 녀석은 내게 관심이 없다. 공을 쫓느라 정신이 없으니까.

싫다고 생각하면서도 나는 요오이치로의 지시를 1순위에 두고 있었다.

'아이들과 떨어진 곳에 있다가, 갑자기 흘러나오는 공을 잡아라.'

그것만큼은 반드시 지켜내야 한다.

공은, 뺏고 뺏기느라 어수선한 선수들의 물결 틈에서 이리저리

부딪치며 '저쪽'에 있다. 그 공을 누군가가 난폭하게 '이쪽'으로 던지면 나는 온몸을 던져 쫓아가야 한다.

'아니다, 내가 뛰어갈 테니까 나한테 패스해!'라고 요오이치로가 말했다. 분명히 말했다.

코트 바깥에서 탁 하고 작은 소리가 났다. 점수판이 넘어가면서 시간 부분이 '0'으로 바뀌었다. 이제 남은 시간은 15초쯤. 8대 6으로 우리가 지고 있다.

'공이 안 왔으면. 그냥 이대로 끝나라.'

하지만 그 생각도 잠깐이다. 곧바로 날렵한 몸놀림으로 공을 가로챈 요오이치로에게 정신을 빼앗겼다. 조금만 가면 골대인데, 빨간색 머리띠 무리가 요오이치로의 앞을 막아섰다. 벽이 만들어졌다. 우리 팀 선수들이 그 틈새를 뚫고 들어가려 하지만, 생각처럼 쉽지 않다.

공을 잡은 채 멈춰선 요오이치로의 혀 차는 소리가 희미하게 들렸다. 그리고 다음 순간, 나와 눈이 딱 마주쳤다.

"센리!"

요오이치로가 마치 자신을 가로막고 선 홍 팀 아이들의 얼굴을 내리치려는 것처럼, 있는 힘을 다해서 공을 던졌다. 무리하게 던졌는데도 공은 나를 향해 곧장 날아왔고, 눈 깜짝할 사이에 가슴 앞까지 다가왔다.

'잡아야 해.'

망설이지 않았다. 그것만 생각했다.

선생님의 호루라기 소리와 공이 강하게 바닥을 치는 소리가 포개졌다. 나는 짧은 팔을 앞으로 힘껏 내뻗은 채 그대로 굳어버렸다.

"8대 6, 홍 팀 승!"

고개를 숙인다. 요오이치로는 땀을 털어내듯 힘차게 고개를 들더니, 그대로 땀에 젖은 머리띠를 휙 풀었다.

"멍청아!"

처음 튀어나온 말은 그것이었다. 물론 그 비난은 옆에 서 있는 나를 향한 것이었다.

"잡으라고 했잖아! 그걸 왜 못 잡느냐고!"

요오이치로는 인정사정없이 쏘아붙이며 화를 냈다. 코트 안팎에 있는 아이들의 시선이 내 등으로 쏠렸다. 동정의 눈빛. 나는 말없이 고개를 떨어뜨리고 요오이치로 앞에 꼿꼿이 서 있었다.

"넌 진짜 쓸 데가 없다. 팔만 뻗으면 공이 잡혀? 이렇게 해야지, 이렇게! 몸 쪽으로 잡아당겨야지, 공을!"

동작까지 곁들이며 몰아세우는 요오이치로 앞에서, 나는 끝내 눈물을 쏟았다. 얼굴이 계속 달아올라 어쩔 도리가 없었다.

'나도 잡고 싶었다고.'

"……센리?"

요오이치로의 눈이 흘끗 나를 쳐다보는 게 느껴졌다. 등 쪽, 코트 밖에서 여자아이들의 목소리가 들렸다.

"요오이치로, 너무 심한 거 아냐. 센리 울잖아!"

"진짜 못됐다."

"시끄러워! 얘가 잘못한 거라고, 센리가!"

내게서 얼굴을 돌린 채 요오이치로가 고함을 쳤다. 그때 누군가가 반론을 제기했다.

"하지만 센리가 공을 잡았을 때는 이미 시간이 다 됐는걸."

"그냥 화풀이하는 거지, 화풀이!"

그러고 싶지 않았지만 눈물이 뚝뚝 떨어졌다. 바닥의 하얀 선이 비뚤비뚤하게 보였다.

요오이치로가 이번에는 또렷하고 강하게 혀를 찼다. 그리고 곧장 내 앞에서 사라졌다.

"센리, 괜찮아?"

등에 작은 손이 닿았다. 치코다. 다른 여자아이들이 다가오는 게 느껴졌다.

'그게 아냐. 나, 공을 못 잡은 게 속상해서 우는 거야.'

그렇게 말하고 싶었지만 목소리는 나오지 않았고, 그대로 수증기가 되어 날아갈 것만 같은 뜨거운 눈물이 내 의지와는 상관없이 줄줄 흘러내렸다.

적어도 요오이치로는 알아야 한다. 그 애가 화내서 우는 게 아니라는 것을. 그런 연약한 여자아이로는 보이고 싶지 않았다.

손등으로 눈물과 이마의 땀을 한 번에 닦아내고서 엉망이 된 얼굴을 들었다. 요오이치로의 뒷모습이 보였다. 연단에 걸터앉은 토못페를 향해 걸어가는 유연한 두 다리, 햇볕에 그을린 목.

'나, 너 좋아해!'

억울함과 안타까움이 웅성거리며 소용돌이치는 가운데, 나는 그 마음을 발견하고 말았다.

"숙제 좀 보여주라. 3분, 아니 1분이면 돼!"

교실로 돌아오자, 요오이치로는 아무 일 없다는 듯 웃고 있었다. 평소처럼 '고양이 눈'을 하고서.

나도 평소처럼 "어휴, 진짜"라고 볼멘소리를 하면서, 수학 공책을 건네려고 했다. 하지만 '투덜거리는 표정'이 잘 지어지지 않았다. 입을 꾹 다물어도 자꾸 웃음이 났다.

가슴속 어딘가가 간지럽다. 마음이 불편한 것도 아닌데, 진정이 되지 않는다.

하지만 나는 이제 이 기분의 정체를 알고 있다.

그렇게 생각하니 나도 모르게 심장 박동이 빨라졌다. 어깨를 움츠리고서 몰래 심호흡을 한다. 바로 옆자리, 공책을 베끼고 있는 햇볕에 탄 손을 훔쳐보는데, 요오이치로가 "아." 하고 중얼거리며 자신의 짧은 뒷머리를 손으로 쓸어내렸다.

"너, 머리 다시 엉망이 됐어."

머리를 만져 보니 찰랑거리는 느낌은 이미 사라지고 없었다. 하지만 괜찮다.

"빗 살 거야."

내 대답에 요오이치로는 "흥." 하고 적당히 맞장구를 치더니, 다시 손을 움직이기 시작했다. 울퉁불퉁 약간 뼈가 튀어나온 손이, 엉성하지만 어딘지 둥그스름한 글자를 만들어내고 있었다. 그것을 눈으로 좇으면서 나는 방과 후를 생각했다.

'오늘 집에 가는 길에 치코랑 잡화점에 들러야지. 그리고 새하얀 빗을 살 거야.'

추억의 사진첩을
차곡차곡 채워가는 친구에게

친구야!

이게 얼마만이니?

내가 널 친구라고 불러본 게…….

꼬맹이 시절에는 곧잘 내게 "엄마, 우리 친구 놀이하자"며 키득거렸던 너. 서로를 친구라고 부르며 함께 마트를 쏘다녔는데 말이야.

어느새 그 '절친'은 훌쩍 자라서 방문을 쾅 닫고 하루 종일 얼굴 구경도 시켜주지 않는 중3이 되었지. 네가 중학생이 되면서 우리 사이는 '절친'에서 남남보다 못한 '철천지원수'로 돌변했고.

며칠 전에는 정말 크게 한판 붙었지. 서로 악다구니를 쓰며 가슴에 비수를 꽂아대고. 그러다가 나는 마지막 네 한마디에 완전히 녹다운 되고 말았단다.

"엄마는 내가 얼마나 외로운지 알아? 얼마나 걱정이 많은지 아
냐고? 내가 좋아하는 남자애는 날 쳐다보지도 않고, 여자애들은
뒤에서 내 욕을 하며 수군대는 것 같고."

아, 그랬구나. 너도 외롭고, 불안하고, 미묘한 친구관계 때문에
고민하고…….

순간 둔탁한 무엇에 맞은 것처럼 나는 아찔해졌어. 한창 작업
에 열중하고 있었던 '센리 이야기'의 구절들이 주르륵 스쳐갔지.

"우리도 말이야, 당장 내일 어떻게 될지 몰라. 그렇게 생각
하지 않아?"

그렇다. 내일 내가 잡힐지도 모르고, 토오코가 잡힐지도 모
른다. 그렇게 생각하자 갑자기 울고 싶어졌다.

'우리가 바쁘게 움직이며 열심히 사는 것도 어쩌면 다 부질
없는 짓인지 몰라. 내일 당장 어떻게 될지 아무도 모르니까.'

나는 무시무시한 사고를 당할까봐 무섭다기보다 다른 의미
로 두려웠다.

(중략)

이렇게 계속 쳐다보고 있는 동안에도 천장의 나뭇결이 어둠
속으로 사라졌다 나타났다 하는 것처럼, 내가 보고 있는 모든

것이 불확실한 것임을 확실하게 깨달았기 때문이다. 생각한
게 아니라 깨달았다, 정말로

('비닐 속 여자아이' 중에서)

'아, 뭐가 이렇게 복잡해?'

그때의 솔직한 심정은 그랬다. 모처럼 학교 밖에서 친구를
찾았다고 생각했는데, 결국 교실에서처럼 배배 꼬인 인간관계
속에서 적당한 균형을 유지해야 하다니! 아자미한테 붙느냐,
미즈타한테 붙느냐, 선택의 기로에 서 있었던 것이다

('오월의 충치' 중에서)

그렇지? 너도 이미 센리가 경험했던 미묘한 떨림을 맛보았을
거야.

그런 여러 가지 감정의 파도를 넘으면서 중학생이 되었듯이,
지금 네가 느끼는 외로움, 불안, 불편한 감정들의 파도도 분명 무
사히 넘길 수 있을 거야. 센리가 그랬고, 네가 그랬고, 엄마가 그
랬듯이.

너도 10년, 20년 후면 센리를 추억할 때가 오겠지. 그때쯤이면
원수 같은 딸이랑 한판 붙을 때도 있을 거고.

아무쪼록 네가 하루하루 채워가는 추억의 사진첩에서 핑크빛

추억뿐 아니라, 회색빛 추억도 소중히 여기길 바란다.

　마지막으로 언제나 어디서나 널 응원하는 절친 엄마가 있다는 거 잊지 말고.

　딸아, 사랑한다!

미소 번역가 황소연

오월의 충치

초판 1쇄 인쇄 2012년 9월 20일
초판 3쇄 발행 2014년 6월 25일

지은이 도시마 미호
옮긴이 황소연
펴낸이 김선식

경영총괄 김은영
마케팅총괄 최창규
콘텐츠개발3팀장 김서윤 **콘텐츠개발3팀** 이여홍, 박고운, 최수아, 김윤실
마케팅본부 이주화, 윤병선, 이상혁, 도건홍, 박현미, 백미숙, 반여진
경영관리팀 송현주, 권송이, 윤이경, 김민아, 한선미

펴낸곳 다산북스 **출판등록** 2005년 12월 23일 제313-2005-00277호
주소 경기도 파주시 회동길 37-14 3, 4층
전화 02-702-1724(기획편집) 02-6217-1726(마케팅) 02-704-1724(경영관리)
팩스 02-703-2219 **이메일** dasanbooks@dasanbooks.com
홈페이지 www.dasanbooks.com **블로그** blog.naver.com/dasan_books
종이 월드페이퍼(주) **인쇄·제본** (주)현문자현

ⓒ 2012, 도시마 미호

ISBN **978-89-6370-092-2 (44830)**
      978-89-6370-916-1 (세트)

다산북스(DASANBOOKS)는 독자 여러분의 책에 관한 아이디어와 원고 투고를 기쁜 마음으로 기다리고 있습니다.
책 출간을 원하는 아이디어가 있으신 분은 이메일 dasanbooks@dasanbooks.com 또는 다산북스 홈페이지 '투고원고'란으로
간단한 개요와 취지, 연락처 등을 보내주세요. 머뭇거리지 말고 문을 두드리세요.